GESCHICHTEN AUS DEM FRÜHSTÜCKSRAUM

Erna R. Fanger & Hartmut Fanger (Hg.)

Pension Sonntag

DIE OFFENE SCHREIBGRUPPE HAMBURG

schreibfertig.com

PRÄSENTIERT IHRE TEXTE

GESCHICHTEN AUS DEM FRÜHSTÜCKSRAUM

Die offene Schreibgruppe Hamburg
schreibfertig.com

**Bibliografische Information der
Deutschen Nationalbibliothek**
Die Deutsche Nationalbibliothek
verzeichnet diese Publikation
in der Deutschen Nationalbibliografie;
detaillierte bibliografische Daten sind
im Internet über http://dnb.d-nb.de
abrufbar.

© 2018 Edition schreibfertig.com No1
Erna R. Fanger & Hartmut Fanger
schreibfertig.com
Herstellung und Verlag: tredition GmbH, Hamburg
Printed in Germany
ISBN:
978-3-7469-3773-1 (Paperback)
978-3-7469-3774-8 (Hardcover)
978-3-7469-3775-5 (E-Book)

INHALT

VORWORT

GESCHICHTEN AUS DEM FRÜHSTÜCKSRAUM

Nun sind es bereits bald sechs Jahre, in denen wir das Fernschulprojekt „schreibfertig.com" etablieren konnten. Zugleich ein so spannendes wie faszinierendes Abenteuer, das immer wieder Überraschungen bereithält. Vornehmlich jedoch sind es die fantastischen Begegnungen mit Menschen und ihren nicht selten tief berührenden Geschichten, was uns im wahrsten Sinne des Wortes bereichert hat.

Etliche Teilnehmer haben mittlerweile unser Angebot, wie den Kompaktkurs Belletristik, die Grundschule Belletristik, die Romanwerkstatt oder den Sachmedienkurs, wahrgenommen und mit Zertifikat abgeschlossen. Darüber hinaus konnten wir zunehmend Schreib-Coaching und Lektorat ausbauen, sei es im Bereich Belletristik, sei es im Bereich Wissenschaftliches Schreiben.

Überdies besteht nun schon seit über vier Jahren *die Offene Schreibgruppe* unserer Kleinen/feinen Schreibschule für Jung & Alt. Neben einem festen Stamm kommen immer wieder neue Teilnehmerinnen und Teilnehmer hinzu. Unser besonderer Dank gilt hier der Betreiberin der Pension Sonntag und langjährigen Freundin, Eva Sonntag, die uns den Frühstücksraum für Schreibgruppen und Coaching-Sitzungen zur Verfügung stellt.

Wer den *Frühstücksraum der Pension Sonntag* in Hamburg kennt, weiß die dort herrschende freundliche und vor allem schöpferische Atmosphäre, wie Eva Sonntag sie der gesamten Villa aus der Gründerzeit angedeihen lässt, zu schätzen. Und bei so mancher der in diesem Band zu lesenden Geschichten hat der Frühstücksraum buchstäblich mitgeschrieben. Die teils wöchentliche, teils vierzehntägige Zusammenarbeit an diesem Ort und in dieser Straße sind es dann auch, die uns auf die Idee brachten, „Geschichten aus dem Frühstücksraum" in einem kleinen Buch zusammenzutragen.

So kommt der Opener „Heinz Herwig Bock" von *Erna R. Fanger* nicht von ungefähr, handelt die Geschichte mit magischen Momenten doch von Menschen, die in der Neubertstraße zu Hause waren, wo man seine Nachbarn kennt, mit ihnen nicht selten eine tragfähige Gemeinschaft bildet. *Christa Hilschers* Geschichte „Vogelbar" hingegen besticht durch die feine Irritation, wenn mitten in die scheinbare Realität surreale Momente einbrechen, die den Leser in entlegene Szenarien entführen, wo die Grenze zwischen Vogel- und Menschenwelt außer Kraft gesetzt scheint. Die Magie in „Kein Ort so still wie in mir" von *Barbara Rossi* wiederum basiert auf einem innigen Wunsch, einer zwischen Traum und Wirklichkeit oszillierenden Fantasie von diskretem Witz, leiser Melancholie und manch überraschender Wendung.

Einmal mehr verdeutlicht „Spielarten der Liebe" unterschiedliche Facetten des wohl stärksten Impulses, der alles, was ist, bewegt. So etwa bei *Elvi Stammeier*, deren Protagonistin sich bei einem „Konzertbesuch" – so auch der Titel – unverhofft dem Mann gegenüber sieht, den sie einst geliebt und in dem sie sich böse getäuscht hatte. Leichtes Spiel hat die Liebe hingegen nach etlichen Irrwegen gemäß dem Titel „Kaleidoskop" von *Eva-Maria Böhm*, wo sie ganz unerwartet Aufschwung nimmt. Die zarte Sprengkraft der erotischen Anziehung und den damit sich ausbreitenden himmlischen Frieden bringt uns *Petra Thelen* in dem berührenden poetischen Porträt „Hannah" nahe.

Und natürlich kommen wir in diesem Bändchen auf die Kindheit zu sprechen und werfen mit *Sabine Bellmunds* eindringlicher Kurzgeschichte, „Bescheidenheit ist eine Zier", einen erhellenden Blick hinter die Kulissen, was Mädchen bewegen kann, das Essen zu verweigern. Um „Väter & Töchter" geht es bei *Barbara Rossi*, die hier Erinnerungsarbeit in poetischer Bildersprache von zartfühlender Melancholie leistet, um sich dem Vater anzunähern. Schonungslos wiederum der Blick auf Eltern und Kind in „Eisbären", wo der Zoo lediglich die Kulisse abgibt für eine von *Vera Gerling* bissig intonierte Art Familienstudie – Vater, Mutter, Kind –, die nicht zuletzt vom Wiedererkennungseffekt lebt, der erheitert. Krass wiederum, wenn einem mit einem Mal „Die gesamte Verwandtschaft ..." auf den Leib rückt, wie von *Martina Frank* mit martialischer Wucht und in starker Bildersprache erzählt. Aber auch die Gewissheit, dass wir gehalten sind, macht Kindheit aus, wie von *Franz Molnar* in „Kinderglaube" feinfühlig nahegelegt.

Und stets stellt uns der Alltag auf die Probe, wie in „Katastrophen und andere Kleinigkeiten" nachzulesen. So in *Barbara Rossis* „Auf den Winterbäumen", wo ein Unfall die Karriere einer jungen Eisläuferin zerstört hat. Aber auch eine dramatische Nachricht, mitten im erhebenden Chorgesang, die die Erzählerin abstürzen lässt, kann uns ereilen, wie von

Susanne Bertels so knapp wie packend zur Sprache gebracht. „Sonnenschein" von *Vera Gerling*, als Satire auf die teils bis heute aberwitzig anmutenden Praktiken in der Psychiatrie lesbar, sorgt bei skurriler Prognose mit beißendem Humor für Heiterkeit. Der durchweg dramatische Abschnitt schließt dann auch mit der Kriminalgeschichte „Verkehrtes Lächeln" von *Ava Nitsche*. Nicht nur ‚unheimlich' spannend, lebt das Ganze darüber hinaus von dem so diskret platzierten wie treffenden Einsatz von Schwarzem Humor.

Alle lieben Geschichten ‚vom Aufbrechen', wo etwa *Barbara Schirmacher* uns in „Mittagsdämon" den Atem raubt, indem sie uns Zeugen des Abenteuers einer Frau werden lässt, die sich in abgelegener Bucht alleine wähnt, um am Ende eine böse Überraschung zu erleben. Grandios inszeniert in „Schlittenrennen" von *Petra Thelen* der brennende Wunsch der jugendlichen Ich-Erzählerin, schneller zu sein als der große Bruder. Mit feiner Selbstironie gewürzt wiederum die täglichen Aufbrüche des Protagonisten in „Die Kaffee Baroninnen" von *Jürgen Schöneich* in den Glück verheißenden Kosmos eines portugiesischen Cafés.

Aber auch „Vom Abschiednehmen" handeln die Geschichten. So, wenn etwa *Hartmut Fanger* sich im Tenor subtil distanzierter Melancholie in „Unweit Landungsbrücken" auf die Spuren eines verschwundenen Freundes begibt. Von bewegender Empathie getragen, *Christa Hilschers* „Zeit zu gehen", wo die Diskrepanz zwischen dem wachen Geist des betagten Protagonisten und den nachlassenden Kräften facettenreich durchgespielt wird. Berührend „Abschied" von *Petra Thelen* – dort verlieren lebenslange Trennlinien mit einem Mal ihre Gültigkeit zugunsten gemeinsamen Erlebens. In heiterem Kontrast hierzu steht „Gepäck" von *Sabine Gräter*, wo die gleichwohl bereits betagte Protagonistin ein letztes Mal gedenkt, ihre alten Freundinnen zu besuchen. Das Unterfangen beschert ihr unverhofft Vergnügen, zugleich aber auch Freiraum, den sie, mit allen Wassern gewaschen, zu nutzen weiß.

Märchenhaftes lesen wir in „Der Papageienkönig und die Schmetterlingsfrau" von *Sabine Bellmund*, einer Liebesgeschichte, die, wie alle Liebesgeschichten zu gegebener Zeit, scheitert; voller Zärtlichkeit und von Melancholie, aber letztlich doch vom Enthusiasmus der Liebe getragen. Auch bei „Die Gänseblume" von *Eva-Maria Böhm* entspricht der

Erzähltenor dem Märchen, zugleich verbirgt sich dahinter eine kleine Entwicklungsgeschichte. Gefolgt von der eher dunkel gefärbten Märchenstimme à la Wilhelm Hauff von *Norbert Niemann,* wo ein grausames Schicksal eine überraschende Wende erfährt, um festzustellen, dass auch danach das Paradies auf Erden nicht einfach zu haben ist, sondern Zoll für Zoll erobert werden will.

Nach manch schwerer Kost lassen wir uns ‚mit Augenzwinkern' gerne erheitern. So etwa von dem schrägen Humor *Hartmut Fangers* in „Der Wein vom Mittwoch", der in dieser komisch intonierten Kurzprosa immer wieder zu kippen droht. „Austern" wiederum eine höchst vergnügliche, feinsinnige Satire von *Jürgen Schöneich* über den Eigensinn mit vielfältigen Referenzen auf eine Arbeitswelt, die zusehends abgekoppelt von grundlegender menschlicher Befindlichkeit scheint. Ohne Absprache die Korrespondenz mit *Susanne Bertels* gleichfalls satirisch gefärbtem „Ein Festessen", wo die Protagonistin *das* Signum für die Zugehörigkeit zu den besseren Kreisen, nämlich Austern zu schlürfen, zurückweist, obschon nicht ohne manchen Winkelzug, den es dabei zu bewerkstelligen gilt. Last but not least erzählt *Elvi Stammeier* mit leiser, dabei wohlwollender Ironie vom geregelten Akademikerleben in abgezirkelten Bahnen ihres Protagonisten, das durch eine Überraschung der besonderen Art aus der Fassung gerät.

Als anspielungsreiches Fazit – ‚zu guter Letzt' – *Erna R. Fangers* „Alle Flüsse zieht es ins Meer", ins Offene hin ...

Hamburg, im Oktober 2018

Erna R. Fanger & Hartmut Fanger

MAGISCHE WELTEN UND MOMENTE

Erna R. Fanger
HEINZ HERWIG BOCK

Wir waren wenige. Eine heikle Angelegenheit. Gemildert allenfalls durch die prachtvoll und üppig arrangierten Blumengestecke, vornehmlich aus tiefroten, schwer samtenen Rosen, durchbrochen von roséfarbenen und weißen Nelkenbouquets, Gestecken aus weißen Lilien. Teils den feierlich mit einer Vielzahl an leuchtenden Kerzen geschmückten Raum füllend, teils in Kaskaden die kleine Kanzel herabstürzend. Der Organist verhindert, lauschte man einer CD. Der promovierte Redner, ein älterer Herr, blickte andächtig in die Runde. Das Adagio klang aus. Der Redner räusperte sich, hub an. „Heinz Herwig Bock ist tot." An Prediger Salomos Weisheit wurde der Lebensfaden des Dahingeschiedenen aufgenommen, der Würde des gelebten Lebens angemessen. Alles lauschte gespannt. Wie die Spur der Erinnerung hinbiegen, die der mit Sohn und Schwiegertochter zerstrittene alte Haudegen mit dem ehernen Willen hinterlassen hatte.

Da sah ich ihn hinter dem Sarg hervortreten. Kleiner von Gestalt als ehedem, aber wie immer in seiner unnachahmlichen Art tadellos gekleidet. Dunkelblauer, gut geschnittener Anzug, dezent modisch gestreiftes Hemd, die Krawatte geschmackvoll darauf abgestimmt. Befremdlich allenfalls das stattliche Paar Flügel. Flügel, wie man sie von den mächtigen Engeln des Herrn auf alten Gemälden, den Erz- und Verkündigungsengeln eines Botticellis, di Credis oder Cima da Coneglianos, her kannte. Die Erhabenheit in krassem Gegensatz zu der Komik, die der ungewohnte Anblick auslöste. Heinz Herwig Bock verfügte zwar über ein gewisses, Machtmenschen eigenes Charisma, welches jedoch, verglichen mit dem, das man jenen höchsten englischen Herolden zuschreibt, wenig Respekt einflößte.

Er blickte mich verstohlen von der Seite an. Ich zwinkerte ihm zu, während er die Flügel, offenbar vor Scham, hängen ließ. Der Redner war an der Stelle angelangt, wo all das zur Sprache kam, was Heinz Herwig Bock, seinem Namen alle Ehre machend, verbockt hatte. Selbst vaterlos und entbehrungsreich aufgewachsen, war seine Haltung gegenüber dem Stiefsohn und dessen ihm aus unerfindlichen

15

Gründen verhassten Gattin bis zum Schluss unversöhnlich und hart geblieben. Seiner eigenen Frau hatte er das Leben schwer gemacht und mit eiserner Hand das Regiment in dieser nach außen hin bestgeordneten Ehe geführt. Heinz Herwig Bock sah mich fragend an, als wolle er von mir wissen, ob er wirklich so schlimm gewesen sei. Ich versuchte ihm mit Mimik und Gestik zu verstehen zu geben, dass es wohl so gewesen sein müsse, zuckte ratlos mit den Schultern. Wie gerne hätte ich ihm begreiflich gemacht, dass auch jetzt nicht alles verloren sei, er womöglich künftig daraus Nutzen ziehen und sich bessern könne. Allein fand ich keine Gelegenheit dazu und überließ dies den höheren Mächten. Die von seiner Rücksichtslosigkeit zu Lebzeiten Betroffenen erhielten Einblick in die Nöte, mit denen er zu kämpfen gehabt hatte. Zwar würden sie ihm nicht verzeihen – noch nicht – aber sie waren sichtlich milder gestimmt.

Heinz Herwig Bock hockte sich mit gesenktem Haupt betrübt vor den Sarg. Erst als eine kleine Rose aus dem Gesteck ihm direkt vor die Füße fiel, blickte er auf, erhob sich und nahm den Andachtsraum in Augenschein. Stolz begutachtete er, den Sarg umschreitend, die drei Kränze. Ich meinte sogar ihn erleichtert aufseufzen gehört zu haben, als er „Meinem lieben Heinz... von Fanni mit Familie" entzifferte. Letzter Gruß der Frau, die er noch einmal geliebt und für die er seinen Lebenslauf komplett neu erfunden hatte: ein Abitur, das er nicht geschafft, das Jurastudium, das er nie absolviert hatte, die Freundschaft mit manch illustrer Persönlichkeit des öffentlichen Lebens, die er in Fernsehen und Illustrierten verfolgt hatte, wie etwa mit dem berühmten Chronisten europäischer Königshäuser, Seelmann-Eggebrecht. Fanni, so gediegene wie kultivierte, belesene und weit gereiste Hanseatin, die den Tag um sieben mit einer Stunde Schwimmen begann und mit ihren Anfang achtzig auf Geburtstagen noch eine Steppnummer zum Besten geben konnte. Seit er sie auf einer Kreuzfahrt durch die griechische Inselwelt vor acht Jahren kennen gelernt hatte, ließ er sie nicht mehr aus den Augen. Fanni, klein, zierlich, von sportlicher Eleganz eine auffallend gepflegte Erscheinung, hielt Haus und Garten noch immer tadellos in Schuss und verbrachte ihren Lebensabend damit, auch noch so entlegene Winkel der Welt, meist auf dem Seeweg, während der einen oder anderen

Kreuzfahrt auf namhaftem Schiff, zu erkunden. An kleineren gesellschaftlichen Anlässen nahm sie, mal aus Neigung, mal aus Gewohnheit oder Pflichtgefühl, teil. Fanni, um die er gekämpft und die er nie wirklich besessen hatte. Und in dem Maß, wie seine Reiselust zunehmend dem Bedürfnis wich, sich von Fanni verwöhnen zu lassen, ließen seine körperlichen Kräfte nach. Verbrachten sie die erste Zeit die Wochenenden abwechselnd, mal in seinem Anwesen am Stadtrand, mal in Fannis freundlichem, zentral, aber ruhig gelegenem Stadthaus, war er in den letzten beiden Lebensjahren, die er in einer der nobleren Seniorenresidenzen verbrachte, nicht mehr in der Lage gewesen, das Haus zu verlassen, so dass Fanni sich bald genötigt sah, jedes Wochenende zu ihm zu fahren. Ein Umstand, der sie zunehmend bedrückte. Zumal er es ihr wenig dankte, sie vielmehr mit Vorwürfen dafür bedachte, dass sie ihn nicht bei ihr wohnen ließ. Fanni, die, wie sie später bekannte, sich von ihm hatte blenden lassen, als er ihr, wenige Jahre nach dem Tod ihres Mannes, den Hof gemacht hätte. Nachdem sie es jedoch abgelehnt hatte, dass er bei ihr einzöge, begannen die Vorwürfe. Immer häufiger in einem Umgangston, den Fanni aus den Kreisen, in denen sie verkehrte, nicht gewohnt noch Willens war, sich länger als nötig anzuhören. Allein ihre vornehme Korrektheit, gemildert durch die feine Wesensart von einer großzügigen, stetigen Freundlichkeit, von der sie über einen unerschöpflichen Vorrat zu verfügen schien, mochte sie daran gehindert haben, ihm die Freundschaft aufzukündigen. Stattdessen erledigte sie seinen Schriftverkehr, nachdem ihn die Kräfte nach und nach verließen, regelte, dass er sein Landhaus gegen eine angemessene Wohnung mit Pflege eintauschte, und nicht zuletzt, auf seinen ausdrücklichen Wunsch hin, die Beerdigung – wenn es einmal soweit sei. Sie tat dies alles ohne Aufheben. Weder aus übermäßiger Zuneigung noch Altruismus, mochte es schlicht ihrer guten Erziehung entsprochen haben, nicht mehr und nicht weniger. Aus Anstand, wie sie selbst es vielleicht bezeichnet hätte. Bei dem Erbe sprang für sie jedenfalls nichts heraus, was sie jedoch auch nicht nötig hatte, wie sie, kam je einmal das Gespräch darauf, verlauten ließ.

Heinz Herwig Bock drehte sich um und sah mich triumphierend an, betrachtete noch einmal mit Genugtuung den Kranz von dem ungeliebten Stiefsohn mit Frau und den eines befreundeten Ehepaars. Wieder wendete er sich mir zu und hielt den Daumen mit einem leuchtenden Lachen nach oben.

Der Redner kam auf manche Episode im Leben des Dahingeschiedenen zu sprechen, auf die Erinnerungen, die uns an die Toten bänden und sie lebendig hielten. Heinz Herwig Bock war dabei, die Stuhlreihen, offenbar die Teilnehmenden zählend, abzuschreiten. Neun, bedeutete er mir. Im vergangenen September, seinem 87. Geburtstag, hatte ich, eigentlich Nichtraucherin, auf seinem Balkon die letzte Zigarre mit ihm gepafft und das letzte Glas Weißwein – er schwörte auf dessen Gesundheit fördernde Wirkung – mit ihm getrunken, obwohl ich Kopfschmerzen davon bekam. Er befürchtete, dass zu seiner Beerdigung keiner kommen könnte, und nahm mir das Versprechen meiner Anwesenheit ab. Jetzt sah Heinz Herwig Bock mich mit strahlend blauen Augen von der Seite an und es war mir peinlich, seine Freude über die kleine Trauergemeinde gleichwohl mit einem befreiten Lachen zu quittieren. Seinen Befürchtungen zum Trotz hatte sich manches, obschon beileibe nicht alles, zum Guten gewendet. Der Pfarrer hatte sich geweigert, die Trauerrede zu halten, weil er ihn, wie manch anderen, zu Lebzeiten verprellt hatte. Doch ob der angemessenen Feier beglückt, waren Reue und Scham bei Heinz Herwig Bock verflogen.

Als der Sarg unter der berückenden Frühjahrssonne, begleitet von Amsel und Drosselgesang, den Pfiffen von Blau- und Kohlmeise und dem gelegentlichen Kreischen von Elster und Krähe, Richtung Grab geleitet wurde, berührte mich an der linken Schulter ein Flügel. Gleichzeitig schob sich eine Hand in die Meine. Wir bildeten das Schlusslicht. Im Übrigen merkte kein Mensch, wie Heinz Herwig Bock vergnügt neben mir her hüpfte bis die kleine Trauergemeinde vor uns allmählich zum Stehen kam und die Posaunen zum letzten Geleit ansetzten. Durch die spärlichen Lücken zwischen den vor uns Aufgebauten verfolgten wir gebannt und verwundert, wie der Sarg an dicken Seilen von den acht Trägern in traditioneller Robe mit Bedacht und Würde in die Erde gesenkt wurde. Ich überlegte noch, wie ich, ohne mit ihm womöglich eine komische Figur zu machen, die drei Schaufeln Erde und das letzte Blumensträußchen in das Grab hinab brächte, als Heinz Herwig Bock meine Hand drückte, mir zulächelte und sich ein Stück weit entfernte. Er schüttelte ein paar Mal kräftig mit den Flügeln und erhob sich dann in die Lüfte, von wo aus er mir noch einmal zuwinkte und sich mit ungelenken Flügelschlägen schwankend entfernte, um schließlich ganz in dem zartblau schimmernden Frühlingshimmel zu entschwinden.

Christa Hilscher
VOGELBAR

„Alte Krähe." Ich kickte den Kiesel vor mir unwillig zur Seite. Sah verstohlen über die Schulter, sah sie aus dem Augenwinkel immer noch vor dem Haus stehen. Kleine Gestalt, gerade, schwarz. Auch ihr Gesicht war mir noch präsent: zerknitterte braune Lederhaut, und die Hände: Krallen mit gelben Nägeln. Schreckliches Weib, zänkische alte Krähe.

Im Weitergehen den gestrigen Abend vor Augen. Ich hatte mich zu spät um ein Nachtlager gekümmert, stand an der Straße, hielt den Daumen ausgestreckt, hoffte darauf, dass mich jemand ein Stück weiterbrachte, in den nächsten Ort, die nächste Stadt.

Es war eine einsame Straße, wenig Verkehr, und schon darüber nachdenkend, unter welchem Baum ich den Schlafsack ausbreite, hielt ein Wagen. Vollbesetzt mit jungen Männern, bereits in Partylaune. Ein Nest voller Spatzen, dachte ich. Frech, laut, lustig. Sie luden mich lachend ein, einzusteigen und mitzufeiern. Wir fuhren, es war inzwischen Nacht. Die Spatzen wurden müde. Stunden schienen vergangen, als endlich weit vor uns buntleuchtende Lichterketten am Straßenrand auftauchten. „Halt!", rief ich in die Stille. „Bitte, ich bleibe hier. Da ist bestimmt noch ein Zimmer." Der Wagen hielt. Der Fahrer drehte sich zu mir. „Freund", sagte er, „das ist keine Bleibe für dich. Fahr mit uns weiter. Wir lassen dich nur ungern hier zurück." „Ach was, ich brauch ein Bett. Danke für die Fahrt." Blitzschnell waren die Rücklichter in der Dunkelheit verschwunden. Obwohl das Gasthaus, vor dem ich jetzt stand, hell erleuchtet war, auch die Zufahrt breit, gut ausgeleuchtet, hörte ich keine Musik, keine Stimmen, nichts Lebendiges drang zu mir. Nach den lauten Spatzen und vollkommen durchdrungen von Müdigkeit, schien ich durchlässig für Geister und Gespenster. Matt erklomm ich die drei Stufen zum Eingang. Drückte die Türklinke herunter, lehnte mich gegen die Tür. „Ziehen", alter Freund murmelte ich, „iss ne Kneipe." Ich zog und war überrascht. Nachdem die Tür hinter mir zurück ins Schloss gefallen war, mit einem Geräusch, so endgültig, als ließe sie sich nie mehr öffnen, fand ich mich in einem Saal wieder. An den Wänden ringsherum Tischchen, weiß gedeckt, umgeben von samtgepolsterten Stühlen. Ich hörte Musik, Tanzmusik, Tango. Ich sah tanzende Paare. Frauen, betörend schön, Sehnsüchte weckend, elegante Herren. Ein Ober in schwarzer Livree watschelte auf mich zu. Pinguin, schoss es mir durch den Sinn. Ich nahm das Glas, das er mir mit einer Verbeugung offerierte. Ich trank, schüttelte mich ein wenig, fühlte mich fremd, gleichzeitig leicht und euphorisch.

Zwei schlanke Grazien bewegten sich geheimnisvoll lächelnd auf mich zu. Ruckten mit ihren Köpfen, beäugten mich interessiert. Ihre Kleider schillerten im Schein des Kerzenlichts, das den Raum erhellte. Weiße Perlenbänder schmückten die schlanken Hälse. Trippelnd erreichten sie mich, umkreisten mich gurrend, um sich endlich, jede auf einer Seite, bei mir einzuhaken und mich zur Treppe zu führen. Willenlos, Schritt für Schritt, schwebte ich die breiten Stufen empor. Die Schönheiten schmiegten sich an mich. Ihr Duft betörte mich. Sie bedeckten meinen Hals mit kleinen zarten Küssen. Ich war verwirrt von der Sinnlichkeit, die sie ausströmten, erfüllt von Lust und Erwartung.

Es war ein großes Bett. Zerwühlte Laken, zerbrochene Gläser, seidene Tücher. Der andere Morgen. Ich wollte mich erheben. Doch der Schmerz in meinem Kopf hielt mich fest im Kissen. Ich schlief erneut ein. Träumte von Tauben, gurrenden Täubchen. Immer auf der Suche nach Futter, nach Abenteuer und Kurzweil, um ihren Hunger, ihre Neugier zu befriedigen.

Erneut erwacht, stieg ich aus dem Bett. Ich sah mich suchend um. Fand meine Wäsche verstreut. Hastig zog ich mich an. Öffnete leise die Tür. Auf dem Flur mein Rucksack. Nichts wie weg. Eine Stiege führte ins Erdgeschoss. Wo war die breite Treppe? Unten befand ich mich in einem schäbigen Flur. Die Rezeption war nicht besetzt. Sollte ich klingeln? Alles staubig, marode, verlassen, seit Jahren unbewohnt. Vorsichtig schlich ich zum Ausgang. Drückte die Klinke herunter, die Tür knarrte laut und die Klinke schlug mit schrillem Getöse auf die Fliesen. Und da tauchte sie auf. Mit ihrem grauen Schultertuch, dem uralten Gesicht, den kralligen Händen, schnellte sie aus dem Raum hinter dem Tresen hervor. „Ah, will der Gockel hinausstolzieren", krächzte sie. „Nein, ich ... " „Ach was, solche wie dich kenne ich", wieder die knarrende, laute Stimme. „Erst meine Täubchen verführen, sie locken, ihnen alles versprechen und dann zum nächsten Hof flattern. Aber diesmal entkommst du mir nicht."

Schon war sie um den Tresen herum, kam auf mich zu gehumpelt, hackte mit ihrem scharfen, harten Schnabel nach mir. Ich entfloh. Stolperte die Stufen hinunter und rannte so schnell ich konnte auf und davon.

Barbara Rossi
KEIN ORT SO STILL WIE IN MIR

Kein Ort so still wie in mir. Dabei sollte ich klagen. Nicht lachen oder verneinen. Ich hatte mir doch ein anderes Leben gewünscht. Nein, ich wollte nicht Superman sein, oder Mutter Theresa, oder wie meine Nachbarin, die einen fetten Porsche fährt – aber heute kam die Wende. Draußen im Garten, meine üblichen Gäste, eine reine Freude, sie immer wieder begrüßen zu dürfen. Viel besser, als meine Kollegen begrüßen zu müssen. Aber ich wollte von der Wende erzählen. Heute dachte ich, und ich weiß nicht, warum: Wäre mein Leben nicht schöner, wenn ich ein Büro hätte. Ein kleines Zimmer mit einem Fenster, das mir einen Ausschnitt präsentiert, sobald ich den Kopf hebe. Ich sehe Wolken ziehen, das wechselnde Wetter und denke darüber nach, wie klein ich gemessen an den Wolken bin. In meinem Büro habe ich viel zu tun. Aber das stört mich nicht. Ich sitze hinter dem Tisch, habe einen Laptop darauf stehen. Ein leeres Word-Dokument ist geöffnet und ich warte. Im Winter, wenn es geschneit hat, bilden sich unter meinen Schuhen dunkle Pfützen, die ich erst bemerke, wenn ich wieder nach Hause gehe. Was ich damit sagen will, ich bin so vertieft, dass mich nicht mal dieses schwarze Nass unter meinen Schuhen aus der Fassung bringt. Gegen neun Uhr tritt der erste Kunde in mein kleines Büro. Schüchtern setzen sich die meisten auf die äußerste Kante des braunen, abgeschabten Bürostuhls. Ich wollte für die Einrichtung nicht so viel Geld ausgeben, müssen Sie wissen. Nach Überwindung der ersten Schüchternheit fließen die Wörter wie eine geplatzte Regenrinne auf mein Word-Dokument. Ich schreibe mit und höre zu, aber ich achte immer darauf, dass ich ihnen recht gebe. Das ist der wichtigste Aspekt meiner Arbeit. Ich gebe recht. Ich bin keine Richterin oder so. Ich kenne mich mit Paragrafen nicht mal aus. Wenn ich ehrlich bin, ich kenne nicht mal einen. Meine Kunden bekommen auch nichts rückerstattet. Das kann ich nicht. Ich kann ihnen aber recht geben. Und ich sehe an ihren Gesichtern, wie entspannt und glücklich sie sind, wenn sie wieder gehen. Meine Vertragsbedingungen müssen alle lesen und unterschreiben. Ohne darf sich niemand auf den schäbigen Stuhl setzen.

Anfangs, da dachte ich noch, niemand würde kommen. Oder es würde hässliche Posts über mich geben. Aber all das ist nicht passiert. Da waren ganz andere unterirdische Strömungen am Werk. Das ist quasi eine Win-win-Situation. Ich schreibe jeden Tag, was ich immer schon wollte, und die Leute bekommen recht. Es ist so schön, dass sie nicht mehr kämpfen müssen, sie haben sowieso recht. Die Leute lassen die Waffen fallen, und nachdem sie die Klage über z.B. ihren Nachbarn eingereicht haben, gehen sie erleichtert ihrer Wege. Sie erwarten nur von mir, dass ich ihnen recht gebe. Es geht nicht um all den Quatsch. „Du hast recht" hat für mich mehr Sprengkraft als ein Atomkraftwerk, ein Diktator oder ein Popstar. Gestern hat sogar Hollywood bei mir angerufen. Ob sie meine Geschichte haben könnten. Ich habe aber gesagt: Nein. Da haben sie gesagt: Sie haben recht. Und so wird es wahr. Meine Geschichte kommt bis nach Hollywood. Und dann in die Welt.

SPIELARTEN DER LIEBE

Elvi Stammeier
KONZERTBESUCH

Sie saß in der Konzerthalle und blickte dankbar zu Marcel, der sich rechts neben sie gesetzt hatte. Eigentlich hätte ihr Mann sie begleiten sollen, aber eine akute Erkältung mit heftigen Hustenattacken war dazwischen gekommen.

„Schön, dass du eingesprungen bist", flüsterte sie ihrem Sohn zu. Sie wusste, dass er ein besonderes Faible für Chopin und Tschaikowski hatte, und vermutlich war es für ihn kein großes Opfer, statt zu lernen und für die Schule zu arbeiten, den heutigen Abend mit ihr zu verbringen. Marcel nickte, „ist schon o.k.", lächelnd vertiefte er sich wieder in das Programmheft.

Die Musiker stimmten ihre Instrumente. Entspannt und voller Vorfreude auf den kommenden musikalischen Genuss lehnte sie sich zurück und schloss die Augen. Einige späte Besucher drängten zu ihren Plätzen. Gleich würde der Dirigent erscheinen, die zwei Stühle links neben ihr blieben vermutlich frei. Doch dann entstand kurz bevor das Konzert begann in ihrer Reihe Unruhe. Ein Paar quälte sich an den Sitzenden vorbei zu den beiden leeren Plätzen. Als sich der Mann neben ihr niederlassen wollte, sah sie kurz hoch. Auch er hatte sie angesehen, und einen Augenblick lang hatten sich ihre Blicke gekreuzt. Er schien einen Moment zu zögern, bevor er sich hinsetzte, wandte sich dann aber seiner Begleiterin zu. Zeitgleich erhoben sich die Musiker, das Publikum klatschte, der Dirigent erschien und das Konzert begann.

Sie saß wie versteinert, alles Blut war aus ihrem Gesicht gewichen, ihr Atem ging flach, sie hatte das Gefühl, ersticken zu müssen, und ihr Denken schien völlig ausgeschaltet. Ohne etwas zu hören, starrte sie minutenlang auf die Handbewegungen des Pianisten und nur ganz allmählich wurde ihr wieder bewusst, wo sie sich befand. Als das erste Musikstück geendet hatte und die bekannte Schwanensee-Suite erklang, drangen die Töne wie aus weiter Ferne zu ihr. Sie atmete tief ein, spürte, dass eine Hitzewelle sie überrollte und ihre Wangen rötete. Ungläubig und vorsichtig bewegte sie ihre Augen zur linken Seite.

Den Kopf wagte sie nicht zu wenden. Doch dann erblickte sie seine Hände, die das Programmheft hielten. Er war es ohne jeden Zweifel! Es waren seine Hände, seine schmalen, feingliedrigen Hände!

„Mein Gott", schoss es ihr durch den Kopf, „was mach ich jetzt?" Sie saß in der Falle. Vorsichtig und langsam drehte sie sich zu ihrem Sohn. Marcel war ihm so ähnlich! Das gleiche Profil, die dunklen Haare und der leicht bräunliche Teint, mit dem er sich so sehr von ihren beiden anderen Kindern unterschied. Sogar seine Hände waren ähnlich, nur jünger, fast achtzehn Jahre jünger. Erneut begann ihr Herz zu rasen, ihr Mund war trocken und fühlte sich pelzig an. Marcel schien von ihrem Zustand nichts bemerkt zu haben, er blickte entspannt zum Orchester und lauschte der Musik.

„… Im Konzert sind wir nie gewesen, damals …", ihre Gedanken wanderten zurück, „… ein einziges Mal in einem Musical …, aber eigentlich war auch diese Unternehmung nur halbherzig von ihm gewesen …"

Sie machte einen tiefen Atemzug. Stets waren es seine geschäftlichen Verpflichtungen, mit denen er die mangelnde Zeit erklärte, erinnerte sie sich. Immer häufiger ging er auf Reisen, verkündete stolz, dass er in Asien und Afrika gewesen sei, Genaueres erfuhr sie nicht, und auf ihre Fragen antwortete er stets ausweichend. Natürlich kam ihr das alles undurchschaubar und diffus vor, aber dieser leisen Ahnung, dass alles womöglich eine Lüge war, wollte und konnte sie damals nicht nachgehen.

Wie dumm ich doch war, gestand sie sich jetzt ein, naiv, gutgläubig und maßlos verliebt in diesen gutaussehenden Mann. Ihren Glauben an eine gemeinsame Zukunft hatte er recht herzlos und unmissverständlich zerstört, als sie ihm von einer möglichen Schwangerschaft berichtete. Dieser letzte Abend mit ihm war nur bruchstückhaft in ihrer Erinnerung. Sie fand sich am nächsten Tag aufgelöst und verzweifelt in ihrer kleinen Studentenbude wieder – unfähig zu essen, unfähig zu arbeiten, unfähig zu irgendwem Kontakt aufzunehmen. Er meldete sich nicht, nicht nach einem Tag, nicht nach einer Woche, nicht nach Wochen. Erst als sie ihn zu suchen begann, erfuhr sie, dass er seine Wohnung aufgegeben hatte, er selbst war unauffindbar. Eine lange Zeit lebte sie wie unter einer Glasglocke, automatisch erledigte sie die täglichen Dinge, besuchte zwar Vorlesungen und Seminare, deren Inhalte erreichten sie aber nicht.

Mit einem leichten Seufzer kehrten ihre Gedanken zurück in den Konzertsaal. Verstohlen blickte sie auf ihre Armbanduhr. Es müsste gleich Pause sein. Ich werde einfach sitzen bleiben, entschied sie, doch gleichzeitig wusste sie, dass das nicht realistisch war. Marcel würde erwarten, dass sie sich während der Pause etwas zu trinken holen und über das Gehörte plaudern würden.

Im Publikum war vereinzeltes Klatschen zu hören. Als sich der Dirigent verneigte, setzte tosender Beifall ein. Marcel schien begeistert, er war aufgestanden und applaudierte heftig. Auch das Paar zu ihrer linken Seite hatte sich erhoben und bewegte sich Richtung Ausgang.

Sie blieb so lange sitzen, bis ihr Sohn sie fragend ansah. Langsam erhob sie sich und folgte gedankenversunken und automatisch den hinausdrängenden Menschen. Als sie das Foyer mit der breiten Getränkebar erreichten, sah sie ihn erneut. Lässig stand er an der Bar, seine junge Begleiterin neben ihm. Grinsend blickte er zu ihr und Marcel hinüber. In ihren Gedanken sah sie ihn auf sich zukommen. Abrupt blieb sie stehen und atmete tief ein.

„Marcel", sie wandte sich ihrem Sohn zu. Ihre Stimme klang fest und entschlossen, so, als dulde sie keinen Widerspruch:

„Wir werden jetzt sofort gehen. Ich muss mit dir sprechen!"

Eva-Maria Böhm
KALEIDOSKOP

„Manches hat er mir erzählt, manches bilde ich mir ein, vieles wird geträumt sein oder ausgedacht."

An diesem Satz war Emma bei ihrer Lektüre hängengeblieben. Mit einem Mal war ihr die Zeit mit Philip wieder präsent. Das war nun schon sehr lange her, da war Emma noch jung. Er hatte wilde, dunkle Locken und gefiel ihr auf den ersten Blick. Eine Jugendschwärmerei. Nur wenige Begegnungen und viel Fantasie, Tagträume, Wunschvorstellungen eines hoffnungslos romantischen Teenagers.

Die Schwärmerei hätte sich wohl kaum so lange gehalten, wenn es mehr Begegnungen, mehr Wirklichkeit gegeben hätte. Aber so konnte sie sich eine Vorstellung machen von einem Menschen, wie sie ihn sich wünschte. Ein ideales Bild.

Dann, nach so langer Zeit, ein Wiedersehen. Die Bilder in ihrem Kopf vermischten sich. Echte Erinnerungen von damals, als sie an einem See saßen und es nicht einmal gewagt hatten, sich an den Händen zu halten. Dann seine Hände, mit denen er gestikulierte, während er jetzt und hier mit ihr sprach. Dazu die Wunschvorstellungen des Mädchens von damals, dass er sie genau mit diesen Händen umarmt hätte. Das alles tanzte in ihrem Kopf. Wie ein buntes, leuchtendes Kaleidoskop. Emma klappte das Buch zu, nahm ihr Adressheft aus der Schublade und suchte nach Philips Telefonnummer.

Petra Thelen
HANNAH

Kaffee duftet. Ich habe den Frühstückstisch für Hannah und mich gedeckt. Croissants mit Vanillefüllung und Puderzucker, der sich während des Backens mit der Konsistenz des Teiges verbunden hat und nun als glänzende Schicht den Gaumen lockt. Die Croissants kaufen wir bei der mürrischen Mama Rosa vom Schulterblatt. Die CD von Pino Danielle, den wir im vorigen Jahr in Bologna auf dem Jazzfestival auf der Plazza noch life erleben durften, spielt im Hintergrund.

Was für ein Morgen! Die Sonne erhitzt die Wintergartenverglasung, hinter der Hannah und ich gut abgeschirmt über den kommenden Wanderurlaub auf Sizilien plaudern. Sie sieht ausgeruht aus. Entspannt. Ehrlich gesagt sexy. Die Haare frisch gewaschen mit diesem Shampoo, das sie bei der veganen Friseurin einkauft und damit jeden Besuch preislich in die Höhe treibt. Das Tuch, anfänglich ihre Schultern wärmend, hat sie achtlos auf die Lehne gelegt. Ihr Blick ist klar, direkt und hat etwas Verführerisches. Ganz leicht nur sind die Wimpern mit Schwarz getuscht, um das eisige Blau ihrer Iris hervorzuheben. Gestern Abend schon war ich aufgeladen mit dieser typischen Wochenendlust, die sich wegen Müdigkeit meist nicht erfüllt. Sie denkt, ich höre ihr zu. Ab und zu nicke ich und gebe ein bestätigendes Ja von mir, was sie zu befriedigen scheint.

Das warme Croissant und der zweite Cappuccino haben mich träge gemacht. Hannah beschreibt noch einmal ganz genau die Vorteile ihrer Scarppa Schuhe, die sie gestern bei Globetrotter ausgesucht, anprobiert und für gut befunden hat. Wie es ihre Art ist, hat sie sich eine Nacht Bedenkzeit erbeten, um keine voreiligen Geldausgaben zu tätigen. Ich weiß, sie wird die Schuhe nehmen. In Blau. Ihrer Lieblingsfarbe. Später. So eng sie in Geldfragen ist, so großzügig gibt sie ihrem Empfinden Raum. Ich liebe das so sehr an ihr. Es macht mich weich und begehrend. Mitten im Satz stoppt sie, schaut mich verwundert an, schiebt ihren Stuhl nach hinten, steht auf, der Schal rutscht auf den Holzfußboden. Ihr Rock raschelt, während sie hinausgeht, um wenige Minuten später zurückzukehren.

Ich lausche ihrem stillen Gang. Traue mich nicht, die Augen zu öffnen, als sie von hinten ihre Arme um meine Schultern legt und mich auf den Nacken küsst. Sie erwischt genau diese kleine Stelle, diese kleine Kuhle, in die sie mit ihrer Zunge spielend und vorsichtig hineingleiten kann. Ein unglaubliches Gefühl von Liebe erfasst mich, Dankbarkeit und Frieden. Ich nehme vorsichtig ihre Hand, ziehe ihren ganzen Körper dicht an mich heran und spüre dabei, dass sie ihr Höschen ausgezogen hat.

Ihre unverblümte Direktheit erschüttert mich ein wenig. Hannah nimmt meine Umarmung ganz selbstverständlich entgegen. Die Vögel sind leiser geworden. Obwohl ich ganz bei ihr bin, die Augen geschlossen halte, höre ich, wie die Magnolienknospen aufplatzen, um danach langsam ihre Blätter zu öffnen. Frisch, weiß und leuchtend, schon etwas rosa an den Rändern. Im Kern dehnen sie sich. Ich küsse Hannah.

KINDER, ELTERN & VERWANDTE

Sabine Bellmund
BESCHEIDENHEIT IST EINE ZIER

So sind wir aufgewachsen: Wir sollten den Mund halten, wenn Erwachsene sprechen, unsere Meinung war selten gefragt, denn es fehlte uns ja an Erfahrung. Wir lernten im passenden Augenblick „Danke" und „Bitte" zu sagen – ein Wort, das die Deutschen im Ausland noch überdurchschnittlich oft benutzen –, einen Knicks oder einen Diener zu machen. Am Sonntag wurden wir hochherrschaftlich ausstaffiert zum Spaziergang ausgeführt. Mein kleiner Bruder schaffte es dabei immer, in die nächstbeste Pfütze zu treten oder zu stolpern und hinzufallen, so dass bald hässliche Flecken seine hellbeigen Hosen verunzierten. Hinter einem Baum versuchten mein Vater und ich den schlimmsten Schaden mit einem Taschentuch zu beseitigen, um den Zorn meiner Mutter in Grenzen zu halten. Wir sollten fügsam, freundlich, gut erzogen, adrett, zurückhaltend und bescheiden sein.

An diesem Morgen wachte ich etwas früher als gewöhnlich auf. Es war noch dunkel im Zimmer, aber draußen zwitscherten schon die Vögel. Auf dem Weg zum Badezimmer kam ich am Schlafzimmer meiner Eltern vorbei und hörte ihre Stimmen ... die Stimme meiner Mutter schriller als gewöhnlich: „Ich halte es nicht mehr aus. Jedes Wochenende das gleiche ... ich stehe in der Küche und du sitzt mit einem Bier vorm Fernseher. Wir unternehmen nie etwas. Ich halte es nicht mehr aus." Mein Vater sprach leiser und ich konnte ihn nicht verstehen, „... und in den Ferien zu deinen Eltern – unerträglich", wieder meine Mutter. Mein Vater schien sie etwas zu fragen und in ihrer Stimme schwang eine leichte Freude mit: „Ich könnte wieder arbeiten, zumindest halbtags." Mein Vater, diesmal lauter: „Das kommt nicht infrage. Unsere Tochter braucht dich noch. Wer soll sich um sie kümmern, wenn sie aus der Schule kommt?" Die Stille danach unterbrach nur ein leichtes Schluchzen. Weinte sie?

Ich flüchtete ins Badezimmer, schüttete mir Wasser ins Gesicht; der Morgen war plötzlich bleigrau und ich stand am Rand einer Klippe. Was wurde aus den bescheidenen, adretten, gut erzogenen Mädchen, wenn sie älter wurden? Keine Amazonen, keine Zigeunerinnen, keine

Hexen, die ich in meinen Geschichten so liebte. Nein, sie wurden Hausfrauen, die kochten, putzten, einkauften und die Kinder hüteten. Welcher Weg blieb mir? Ich war jetzt dreizehn und wollte keine Hausfrau werden. Ab dem nächsten Tag hörte ich auf zu essen.

Barbara Rossi
VÄTER & TÖCHTER

Ein langer Weg des Findens, Trennens und Wiederfindens.

Zwei im Gespräch.

„Ich wusste nicht, was ich verloren hatte. Ich fand nicht, was ich suchte. Was hatte ich verloren? Was war weg? – Du, das ist weg. Ich muss es finden."

Eine schlichte Aufgabe, da kann man sich ein Leben lang Zeit lassen, oder?

Am Ende findet man das Gesuchte, auch wenn es einem nicht schmeckt, was man findet.

Schuhe voller Sand und dicke Kinderbeine, die noch nicht wissen, wohin. Beine, die kaum begreifen, was Bewegung bedeutet. Und wie schnell man sich entfernt, nur weil man entdecken will. Deine Taubenhände und meine Krähenfüße strebten voneinander weg, bevor ich einen Satz reden konnte. Es ist die Geschichte vom Trennen, die mich ein Leben lang treibt, Wege zu gehen, die so fremd sind, Ideen, von denen ich nie zuvor hörte, Sprachen, die ich blind ertastete, zu suchen. Selbst Gerüche schmeckte ich. Nie hätte ich sie erlebt, wenn ich mich nicht auf den Weg gemacht hätte. Vielleicht ist dein Erbe an mich mein Name. Und ich stelle mir vor, du hast ihn für mich ausgesucht. Barbara, die Nichtgriechin, die Fremde. Eine Fremde zu sein, ist leichter, als man gemeinhin annimmt. Es gibt einem die Sicherheit, sich überall zurechtzufinden. Wie schwer es auch sein mag, ich bleibe auf meinem Weg des Suchens und des Findens. Einmal, da fuhren wir zusammen zur Kirche. Wir stiegen aus und du gingst zum Kofferraum, um ihn abzuschließen. Ich fragte dich: „Warum machst du das?" Und du antwortetest mir: „Ich möchte doch nicht, dass mir jemand eine Bombe in den Kofferraum legt." Da habe ich gelernt, vorsichtig zu sein. Einmal habe ich dich gefragt, wie die Siedepunkte verschiedener Flüssigkeiten seien. Da habe ich gelernt, was ich nicht wissen muss. Einmal, da wollte ich mich bedanken, aber du bliebst still. Da habe ich gelernt, mit der Stille zu leben. Nie habe ich dich gefragt, gehen zu dürfen.

Ich ging einfach. Mal höre ich dich lauter, dann wieder leiser. „Wohin läufst du, mein Kind?" Einmal, da habe ich geträumt, du rufst mich an. Ich hebe ab und du sprichst in einer fremden Sprache zu mir. Deine Arme umschließen meinen Körper, wie eine Taube liege ich in deiner Hand. „Lauf los" ist, was ich verstand.

Vera Gerling
EISBÄREN

Vor nicht allzu langer Zeit machten wir, meine Eltern und ich, einen Besuch im Zoo. Auf Wunsch meiner Mutter nach dem Motto *da waren wir doch schon so lang nicht mehr* und *das hat uns allen doch immer viel Freude bereitet*, standen wir an einem Mittwochnachmittag, ohne Schlange, an der Kasse. Danach übernahm mein Vater das Kommando und die Expertenrolle über Tiergattungen, die er vorher nie gesehen hatte.

Die Wildziege. Die Tierschau im Zoo begann unspektakulär, um sich dann langsam zu steigern. „Die Wildziege", erklärte mein Vater mit einem leicht nasalen Grzimek Unterton, „ist Vorfahre fast aller Hausziegen. Möglicherweise sind Ziegen genau wie Hunde die ersten Nutztiere des Menschen und stammen", mein Vater trat einen Schritt vor das Schild, um abzulesen, „aus dem westlichen Asien und Griechenland. Markant sind die schraubenartigen Hörner, deshalb werden sie auch 'Schraubenziegen' genannt." Jetzt begann der Teil, wo er seiner Fantasie freien Lauf ließ und der eingeweihte Zuhörer sich fragen musste, ob sein langjähriges Berufsleben als Versicherungsmakler irgendwelche geistigen Spuren hinterlassen hatte.

Meine Mutter ertrug es mit stoischer Gelassenheit und die Vortragsreihen meines Vaters könnte man streng genommen als lebensverkürzende Maßnahmen bezeichnen. Nachdem er einen historischen Ausflug durch die Kulturwelten Asiens und Griechenlands absolviert hatte, durften wir uns von der Stelle bewegen und einer einsamen Ziege den Rücken kehren, deren Fell in langen rastaartigen Zöpfen den Boden bedeckte.

Der Affenkäfig war riesig und die Tiere boten ein fröhliches Bild. Jeder lauste den anderen und Mütter trugen die Jungen waghalsig und lässig über jeden Baumstamm. Der Silberrücken schien alles im Griff zu haben und saß relaxt auf einer Anhöhe.

Der Vater stand mit einem anderen Zoobesucher direkt vor einer Mauer, die den Blick auf das Gehege frei gab. Sie unterhielten sich und Vater deutete mit dem rechten Arm auf eine Gruppe. Mutter und ich nahmen Platz auf einer Bank. Sie kramte in ihrer Handtasche und holte eine Tupperdose mit Schwarzbroten heraus. „Iss mal was Ingo!" Sie reichte mir eine Serviette.

Vater kam auf uns zu und signalisierte uns weiterzugehen. Eine Horde Gnus stand direkt hinter einer scharfen Rechtskurve. Sie vertrieben die Fliegen mit dem Schwanz. Mir fiel das Referat für Erdkunde ein. „Wunder der Serengeti".

Vaters Arm legte sich kameradschaftlich um meine Schultern: „Schätz mal, wie schnell die sind?" „60 bis 80 Stundenkilometer. Natürliche Feinde: Gepard, Krokodil, Löwen. Gehört zur Gattung der Antilopen", war meine Antwort. Er runzelte die Stirn: „Woher willst du das wissen?" „Habe darüber in Erdkunde ein Referat gehalten." „Nä, da hast du ja wenigstens etwas mitgenommen. Gut gemacht Sohnemann!"

Wir tauchten ab in eine unterirdische Höhle. Nach einer Minute hatte sich das Auge an die Lichtfunzel gewöhnt und wir standen vor einem begrünten Glaskasten. Kein Tier in Sicht. Auf dem Schild stand: „Afrikanische Höhlenspinne." „Widerlich", sagte meine Mutter, „damit kannst du mich jagen. Wenn ich allein an die ganzen Schuster im Wohnwagen denke. Igitt, igitt."

Ein großes Areal beherbergte zirka 30 Fledermäuse, die an der Decke klebten und schliefen. Was sollten sie auch um 15 Uhr nachmittags anderes tun; es war immer wieder erstaunlich zu beobachten, dass kein Tier beim Schlafen den Halt verlor. Wahrscheinlich war in den Krallen eine automatische Sperre eingebaut.

„Gleich ist Fütterung", verkündete mein Vater verheißungsvoll vor dem Schlangen-Terrarium. „Nä, das guck ich mir nicht an!", sagte meine Mutter. Die armen Mäuse, das ist ja ekelhaft!" Ein Pfleger kam mit einem roten Plastikeimer um die Ecke.

„So", sagte mein Vater, „es gibt jetzt zwei Möglichkeiten: entweder Giraffenhaus oder Panda Bären." „Ach, die Panda Bären finde ich so schön", sagte meine Mutter. Drei Minuten später standen wir vor dem sieben Monate alten Panda-Weibchen „Qi Yi", das laut Beschreibung auf einigen Tafeln aus der Stadt Chengdu kam. Seine Mutter „Shin shin" war in Tokio im Zoo geblieben und das Bärchen vor uns versuchte grade, an seinen Hinterbeinen zu lecken. „Nein, ist das ein goldiges Bärchen! Also Knut fand ich ja schon reizend, aber er ist wirklich die Krönung!"

„Das ist eine ‚sie' Mama", sagte ich. „Ach das spielt gar keine Rolle, findest du nicht? Tiere haben Gott sei Dank keine Probleme mit ihrem Geschlecht. Das nennt man Demut, so wie der Herr sie schuf, so sind sie zufrieden. Guck mal, jetzt hat er sich hingesetzt! Nein, wie niedlich!" Mein Vater schien sich mehr für einige Zeitungsartikel am Gehegegitter zu interessieren. „250 000 Namensvorschläge gab es für den Bär und dann kommt ‚Qi Yi' bei raus. Hört sich an wie eine Art Nesselsucht."

Eine Gruppe Engländer machte sich breit. Einige hatten Sonnencreme auf ihren Gesichtern verteilt. Die Frau, die neben mir stand, hatte einfach die Creme aus der Tube auf die Nase gedrückt. „Look at this, I think it's so funny. I love it!" Blitzlichter prasselten auf ‚Qi Yi' nieder und mein Magen-Darm-Trakt meldete sich empfindlich. „Mama, ich müsste mal dringend." „Das ist eine sehr gute Idee mein Junge, da komm ich gleich mit", sagte Mutti. Shit, dachte ich, meinen Wunsch nach zehn Minuten Auszeit kann ich begraben.

Als wir wieder zurückkamen, stand mein Vater immer noch vor dem Panda Gehege, besser gesagt vor den Zeitungsartikeln der Weltberühmtheit ‚Qi Yi', und bohrte versunken in der Nase. Eine Angewohnheit, die den stoischen Gleichmut meiner Mutter zum Erschüttern brachte. Wenn sie eins hasste, dann das. „Robert, was machst du denn schon wieder!" Was sollen denn die Leute denken!" Ich machte darauf aufmerksam, dass der Zoo in einer guten Dreiviertelstunde schloss. „Okay, dann schauen wir uns als Letztes die Eisbären an", sagte mein Vater mit einem gewissen Funkeln in den Augen.

Martina Frank
DIE GANZE VERWANDTSCHAFT ...

Ein Gesicht ist das untrügliche Merkmal des Seelischen und zeichnet alle inneren Vorgänge auf. Am deutlichsten zu erkennen sind affektive Befindlichkeiten wie Schmerz, Freude, Angst, Ekel, Empörung; wer aber gut im Lesen feinerer Mimik ist, kann auch Zweifel, Unsicherheit, Enttäuschung, Langeweile, Ignoranz, Einsamkeit, Erwartung, ein inneres Frieren, Trauer, ja sogar ein tiefes Nachsinnen in einem Gesicht ablesen.

Im Jahre 1998 begann ich, auf Anregung meines Professors, „zu jeder Vita eines Künstlers gehören Selbstporträts", mein Konterfei auf die Leinwand zu malen. Ich war nicht gerade motiviert, hatten mich doch die Porträt-Bilder vieler Künstler, die ich in Katalogen und Museen betrachtet hatte, meist abgestoßen. Sie erschienen mir zu stoisch und ich konnte weder natürliche Stimmungen noch Geschichten in den Gesichtern lesen; immer nur Antlitze. Zu ernst und verkrampft blickten mich aus der Leinwand stierende Blicke aus mageren, ausgezehrten Gesichtern an. Auch dachte ich, dass man an Gefallsucht leiden musste, fertigte man ein Porträt von sich selbst, und ich zweifelte, ob derjenige, der dann an der Wand hängt, auch der Mensch ist, der gelebt hat.

Das Aufstellen der Staffelei und des Spiegels, dabei galt es den richtigen Winkel und die Höhe zum Betrachten auszutarieren, das Herrichten der Farben und Pinsel, denn ich wollte auf keinen Fall mit einem Stift vorzeichnen, versetzten mich dann doch in neugierige, erwartungsvolle Spannung.

Aber die ersten Versuche enttäuschten mich. Ja, dilettantisch fand ich das Ergebnis; der Hals, zu lang, wirkte wie angeschraubt, die Nasenlöcher zu groß, da ich beim Malen den Kopf zu weit anheben musste, und so glich das Gesicht einer Totenmaske. Auch sah ich mich nicht getroffen: ein Massengesicht, ein gemaltes Scheitern belustigte meine Augen, das war ich nicht!

Mein Meister riet mir, mit der Arbeit auf größeren Leinwänden fortzufahren, und wie aus einem zweiten Himmel geboren, schwebte nun mein Pinsel absichtslos, geführt von fremder Hand über die Leinwand, holte sich elementare Farben aus den Töpfen und übersetzte das Spiegelbild in bunten Flächen in ein Gesicht.

In diesem Rauschzustand über mehrere Stunden malte ich, in einer kreativen Tourettewolke gefangen, manchmal sang und schrie ich, schnitt Grimassen oder tanzte vor der Leinwand, die ganze Nacht hindurch so viele Bilder bis ich am Ende erschöpft und glücklich in einem Selbstbildniswald erwachte mit dem Gefühl, als hätte mich die Ausdruckskraft der Farben aus Verfangenem gehoben und befreit.

Obwohl ich für die bevorstehende Ausstellung schon die Bildreihung mit dem Galeristen abgesprochen hatte, überzeugte ich ihn davon, die Selbstbildnisse zu einem Teil mit in die Ausstellung aufzunehmen.

Am Abend, kurz vor der Eröffnung, sah ich zum ersten Mal die Bilder, gerahmt und mit großem Abstand voneinander, an den hohen, weißen Wänden der Galerie hängen.

Mir war, als stünde ich vor einem Abgrund, heißes Blut schoss in mein Gesicht und meine Beine verloren das Gleichgewicht; auf den Bildern glotze mir meine ganze Familie inklusive der väter- und mütterlichen Seite meiner Verwandtschaft entgegen: Meine Cousine Christel erkannte ich an den Wangenseiten, das lange Gesicht und die Nase waren die Merkmale meiner Mutter, die Ohren und die Stirnpartie waren eindeutig die meines Vaters. Die Augen blickten melancholisch in eine ins Unendliche gerichtete Sehnsucht, gaben aber auch dunkle, misstrauische, verstohlene und boshafte Blicke in den Galerieraum ab, als demonstrierten sie vergangenes, entbehrungsreiches Leben aus schwäbischer Ahnenreihe; ein Zeugnis, bis ins Mittelalter zurückreichend.

Der Mund, aus Schmerz und Leid geformt, zeigte die Narben meines Fortlebens des Familienschicksals. Der sichtbare Ausdruck des Farbengesangs als Geheimschrift der Seele stand nackt und hilflos aus dem Rahmen gefallen, vor aller Öffentlichkeit.

Auf dem Heimweg flossen starkfarbige Tränen aus meinen schwarzen Augen, über Christels Wangen, bildeten einen See auf der Oberlippe der Ahnenreihe und liefen dann in geteilten Rinnsalen über den Hals in die Furche meiner Brüste.

Franz Molnar
KINDERGLAUBE

Damals, als mein Glaube noch wahrhaftig war, im Maß meiner Kindheit, da war die Welt noch voller Bilder und Fantasie nistete im Schatten eines Hinterhofs.

Meine Neugier war so groß wie das Vertrauen in die Möglichkeit, dass es jenseits des Alltäglichen eine andere Welt geben müsse. Schule war Pflicht wie Schuhe putzen, Hausaufgaben machen oder alles aufessen. Man war sauber gekämmt und trug die Hosen schon in der zweiten Generation. So vorzeigbar, wie es die Tradition verlangte in jenen Tagen, wo der Postbeamte noch Uniform trug und Väter im trauten Heim das Sagen hatten.

Man scherte sich nicht um ein Kinderherz, das so unfertig war, wie ein Haus ohne Möbel. Nein, man schliff und beschlug es wie ein Steinmetz. Es musste sich fügen!

So fügte auch ich mich, obschon widerwillig. Doch in den stillen Momenten, in denen ich mit kurzen Lederhosen, Sandalen und der Schultasche auf dem Rücken den kleinen Feldweg entlang ging, der mich von der Grundschule zurück nach Hause führte, da schaute ich hinauf in den Himmel. Telefonieren nannte ich es, wenn ich mit ihm sprach.

Ein Telefon war etwas Besonderes, damals in den 60ern, in einer kleinen Arbeitersiedlung, wie sie so typisch war zu dieser Zeit. Ich ging ohne Eile, schlenderte den Weg entlang, wobei meine Hand bedächtig über jene schlanken Holzstämme strich, die am Rand entlang einen Grenzverlauf markierten. Wie selbstverständlich sah ich dabei hinauf zu den Wolken, wo oben, weit überm Horizont, ein alter Mann saß, der wohlwollend zu mir herunter sah! Seinen Arm auf die Lehne eines großen Holzstuhls gestützt, blickte er mich an, und es schien mir, als könnte ich unter seinem üppigen weißen Bart ein Lächeln erkennen. Ich sprach, telefonierte mit ihm, so frei, wie nur ein Kind es kann, das glaubt ohne Maß.

Ich schloss die Augen, ließ mich am Wegesrand entlang von den schlanken Holzstämmen leiten. So grenzenlos war mein Vertrauen in diesen Momenten, wo der Glaube Gewissheit und die Welt noch voller Bilder war.

KATASTROPHEN UND ANDERE KLEINIGKEITEN

Barbara Rossi
AUF DEN WINTERBÄUMEN

Auf den Winterbäumen, die die Eisbahn umsäumten, lag Glitzer, als Konny sich auf der blau abgeschabten Bank ihre Schlittschuhe anzog. Zwei Jahre waren seit ihrem letzten Wettbewerb im Freestyle auf dieser Bahn vergangen. Jahre, die sie damit verbracht hatte, sich Kummerspeck auf die Hüften zu essen. State of mind. Als die Bilder in ihr aufstiegen, redete sie mit sanfter Stimme beschwörend auf sich ein, „nein, tu das nicht". Vor drei Wochen hatte Johnny angerufen und um ein Treffen gebeten. Sie hatte neugierig zugesagt. Aber nach dem Ende des Gesprächs hatte sie sich doch gefragt, ob sie wollte, dass er sie in diesem Zustand sah. 30 Kilo mehr. Zur gleichen Zeit, als sie an den Schrank trat, um die Kleiderfrage zu klären, schellte erneut das Telefon. Ob Johnny noch was wollte? „Ich freue mich auf dich", bevor sie antworten konnte, hatte er schon wieder aufgelegt. Und jetzt saß sie hier auf der blauen Bank und die Bilder stiegen wieder hoch. Eiskristalle auf roten Mützen, das Geräusch der Eisenbahnbrücke, wenn ein Zug aus dem Osten in die Stadt fuhr. Der Wechsel der Jahreszeiten, wie ein Kaleidoskop vorbei ziehend, und jemand, der sagte: „Immer kommt der Schnee von Osten". Und ihre Gewissheit, ich liege unten und alle schauen auf mich herunter. Der Arzt aus dem Publikum. „Ich rufe den Krankenwagen." Sie spürte das harte Holz der Bank an ihrem Gesäß, die Füße steckten in den Schlittschuhen. Nein, heute lagen keine Blätter auf dem Eis. Heute war sie sicher. Und Johnny war auch da.

Susanne Bertels
ABSTURZ

Gerade haben wir ihn gesungen, den „Chor der Landleute und Jäger" aus Haydns Jahreszeitenzyklus. „Welch ein lautes Getön/Durchklingt den ganzen Wald!"

Die Musik überwältigend, die Worte rufen Bilder wach. Das gesungene Tajo und die Fanfare der Jäger, die bellenden Hunde und galoppierenden Reiter. „Es ist der gellenden Hörner Schall,/Der gierigen Hund Gebelle." Der Hirsch, der um sein Leben rennt. „Schon flieht der aufgesprengte Hirsch ..." Ein Augenblick Hoffnung, als er im Dickicht verschwindet und die Hunde verwirrt durcheinander laufen. „... Ihm rennen Doggen und Reiter nach." Doch der Klang der Hörner und die Rufe der Jäger bringt sie wieder zusammen. Erneut nehmen sie die Fährte auf, die Bläser triumphieren. Und der Hirsch? „Er flieht, er flieht./Oh, wie er sich streckt", singt der Chor. Er rennt und rennt und rennt. „Den Tod des Hirsches kündigt an/Des tönenden Erzes Jubellied ..." Ermattet sinkt er darnieder. Zugleich wird die Verzweiflung der Niederlage übertönt vom großen Jubel. „Der freudigen Jäger Siegeslaut./ Halali!" – es ist vollbracht. Gewaltig klingt die Musik in mir nach.

In der Pause ein Blick auf's Handy. Eine Nachricht von H. Ich freue mich, vor zwei Monaten hatten wir uns zuletzt gesprochen.

„Liebe S., heute bin ich ins Hospiz umgezogen. Viele Grüße, Deine H."

Vera Gerling
SONNENSCHEIN

Zum Alltag in der Psychiatrie gehören Therapien. Da gibt es die Ergotherapie, wo gemalt und gebastelt wird, Entspannung, Sport, kognitives Denken, soziales Verhaltenstraining, Depressionsbewältigungsgruppen und selbst der Küchendienst ist Teil der Therapie. Nach zwanzigjähriger Haushaltsführung mit zwei Kindern und Beruf mutet es absonderlich an, dass der Küchendienst eine Therapieform sein soll, aber in der Klapse muss man sich den Gegebenheiten anpassen, ansonsten gilt man als Querulant und das wiederum schlägt auf die Psyche.

Das kognitive Denken beinhaltet ein Training gegen Wahrnehmungsstörungen und Schwierigkeiten des logischen Denkens. Es gibt viele Menschen, die damit Probleme haben. Am meisten Politiker, cholerische Ehemänner, Anwälte und Eltern.

An einem Donnerstagmorgen fanden sich zehn Teilnehmer für die Therapiestunde mit Frau Sonnenschein ein, die uns wie immer mit ihrer guten Laune, gepaart mit der säuselnden Stimme, den Atem verschlug. „Hallo erst mal, ich hoffe, Sie sind bereit für ein Konzentrationsspiel! Bitte seien Sie nicht zu streng zu sich, wenn es an der einen oder anderen Stelle nicht klappt. Setzen Sie sich also bitte nicht unter Druck! Und los geht es: Jeder von Ihnen kauft jetzt in einem Supermarkt ein. Genau eine Sache! Nicht mehr und nicht weniger." Bankangestellte, ehemalige Manager, Lehrerinnen, Mütter und abgebrochene Studenten ließen ihrer Fantasie freien Lauf und berichteten anschließend reihum.

„Prima" –, Sonnenschein strahlte, „

und nun schreiben Sie unsere Einkaufsliste auf. Es müssen am Ende zehn Gegenstände sein. Danach drehen wir den Zettel um. Die Liste beinhaltete neun Lebensmittel und ein Paar Schuhe. Ich wartete die ganze Zeit auf ein Pausenklingeln und sah mich mit einem Pausenbrot auf den Schulhof gehen. Gefühlt 1975. „Ich muss Sie heute wirklich loben. Ganz prima!" Sonnenschein war in ihrem Element.

Neben mir saß ein 55jähriger Elektriker mit Depression kurz vor der Privatinsolvenz. Ich dachte, noch ein Lob und ich hau Sonnenschein genau jetzt eins auf die Zwölf.

Der nächste Akt war, dass wir die Einkaufsliste nochmals aus dem Kopf aufschreiben sollten, um sie dann mit der alten zu vergleichen. In Gedanken machte ich meine eigene Liste: Chrystal Meth, Wodka, Schlaftabletten, Kokain, Bier ...

„Bevor die Stunde endet, habe ich noch eine Frage! Schauen Sie sich die Liste genau an: Was passt hier nicht dazu?"

Die Antwort kam aus den Untiefen meiner Wut: „Ich."

„Wie bitte?"

„Ich passe nicht dazu, weil ich das letzte Mal die Frage ‚was passt hier nicht dazu' mit sieben Jahren gehört habe. Ernie hatte sechs Quietschentchen und einen Apfel. Ich guckte die Sesamstraße." Frau Sonnenschein veränderte ihr Sonnenscheingesicht und ihre Sonnenscheinstimme. „Wenn Ihnen der Unterricht nicht gefällt, dann können sie ja gehen", sagte die Königin des kognitiven Denkens. Hurra!

Es klingelte.

Ava Nitsche
VERKEHRTES LÄCHELN

Irgendetwas war anders, als er an diesem Abend nach Hause kam. Ein leichter Schauer durchfuhr Konrad, und er spürte, wie sich Gänsehaut auf seinem braun gebrannten Unterarm ausbreitete, als Elisa mit einem Lächeln die Tür öffnete und ihm einen Begrüßungskuss gab. Draußen noch immer 28 Grad, und das um kurz vor acht Uhr abends.

„Schön, dass du da bist. Ich habe uns etwas Leichtes zu essen vorbereitet, setz' dich doch schon mal auf die Terrasse und mach's dir gemütlich." Elisa lächelte immer noch, aber irgendetwas irritierte ihn, er glaubte eine nahezu unüberbrückbare Distanz wahrzunehmen, ohne dass er sich dies hätte erklären können. Es war nur so ein Gefühl, eine Ahnung. Das bildest du dir nur ein, schalt er sich, du hast einfach mal wieder zu viel gearbeitet.

Er schleuderte seine Arbeitstasche in den Flur auf den Boden mit der Gewissheit, Elisa würde wie jeden Abend die Tasche aufsammeln und in den Garderobenschrank in das hierfür vorgesehene Fach legen, und ging weiter ins Schlafzimmer, wo er seine Bürohose und das Hemd gegen Shorts und T-Shirt tauschte. Auch hier warf er die Kleidung achtlos auf den Boden, verließ den Raum und ging zur Terrasse, wo er sich in einen der beiden bequemen Gartenstühle fallen ließ. „Du bist sicher durstig." Elisa erschien plötzlich und servierte ihm ein Glas kaltes Bier.

„Oh, du bist ein Engel." Er nahm es ihr aus der Hand und trank es in einem Zug leer.

„Kannst du mir noch eins bringen?"

„Aber sicher doch." Sie lächelte immer noch, und erneut kam dieses ungute Gefühl in ihm auf. Ob sie etwas ahnte? Musste er sich Sorgen machen? Als Elisa ihm das zweite Bier brachte und er den ersten Schluck nahm, glaubte er einen eigenartigen Beigeschmack wahrzunehmen. Er hielt seine Nase dicht an das Glas und roch daran.

Konrad nahm einen weiteren Schluck und stellte keinen Beigeschmack mehr fest, ganz im Gegenteil, das Bier war vorzüglich. Er begann sich zu entspannen und füllte seinen Teller mit den aufgedeckten köstlichen Speisen.

Genau in diesem Moment begann sein Handy zu vibrieren. Konrad sah auf das Display und erschrak kurz. Er ließ sich jedoch nichts anmerken und entschuldigte sich bei seiner Frau, während er aufstand und die Terrasse verließ.

„Ein wichtiger Mandant, da muss ich leider ran."

Er ging mit schnellen Schritten durch das Wohnzimmer und den Flur, die Treppe hinauf zum Arbeitszimmer.

„Warum rufst du mich jetzt an", flüsterte er, „du weißt doch, dass es um diese Uhrzeit ungünstig ist."

„Ich weiß, mein Liebling, aber ich habe Sehnsucht nach dir so sehrrr." Der russische Akzent seiner Geliebten ließ ihn ein angenehmes Kribbeln verspüren.

„Wann wirst du machen deinen Plan? Ich will mit dirrr zusammen sein endlich fir immmer! Dann wir können machen Liebe jeden Tag! Jetzt ich liegen alleine im Bett und ist so einsam ohne dich!"

Konrad stellte sich bildlich vor, wie Svetlana sich mit ihrem wunderschönen Körper im Bett räkelte und auf ihn wartete. Ihm wurde heiß, und er konnte sein Verlangen nach ihr kaum unter Kontrolle halten.

„Heute Wladimir hat wieder angerufen. Er mir sagen, dass er hat eine große Fehler gemacht und er mich liebt immer noch."

„Was erlaubt der sich, du wirst kein Wort mehr mit ihm reden!" Konrad spürte, wie sich die Eifersucht in jeder Zelle seines Körpers ausbreitete. Er wusste, er musste schnell handeln, sonst würde ihm der Ex-Freund seiner Geliebten zuvor kommen.

„Ich werde noch heute alles regeln und danach sofort zu dir kommen. Und dann feiern wir zusammen! Ich liebe dich!"

Nachdem er das Telefonat beendet hatte, schritt er auf den großen Schreibtisch zu und schloss die Schublade auf. Er nahm einen kleinen Ordner heraus und legte ihn auf die Arbeitsplatte. Dann zog er einen weiteren Gegenstand aus dem hintersten Teil der Schublade hervor und umschloss diesen mit einem festen Griff.

„Schatz?", erklang es von unten, und Konrad zuckte erschreckt zusammen.

„Schaaatz!" Er hörte, wie sie die Treppe heraufschritt.

Mist, so hatte er sich das nicht gedacht. Panisch entsicherte er den Revolver, stellte sich mit dem Rücken zum Fenster in Blickrichtung zur Tür und richtete die Waffe genau auf seine Frau.

„Was um alles in der Welt", stammelte Elisa, während sie wie erstarrt stehen blieb. „Bist du verrückt geworden? Was soll das werden?"

„Keine Angst, ich habe nicht vor, von dem Ding hier Gebrauch zu machen", sagte er und grinste sie freundlich an, „jedenfalls nicht, wenn du schön artig diesen Vertrag unterschreibst." Er nickte mit seinem Kopf in Richtung des Schreibtischs, auf dem sich der Ordner mit den Papieren befand.

„Es ist ein Gütertrennungsvertrag, rückwirkend datiert auf einen Tag vor unserer Eheschließung. Du verzichtest auf sämtliche unsere Ehe betreffende Ansprüche, und das Haus gehört mir allein. Danach darfst du deine Koffer packen und gehen, wohin ist mir gleich, Hauptsache, du verschwindest hier."

„Konrad, mein Liebling, was ist mit dir los?" Unbeeindruckt bemerkte er, dass Elisa mit den Tränen kämpfte. „Ich dachte, du liebst mich!"

„Das habe ich auch, bis ich Svetlana getroffen habe", erklärte er und lächelte sie weiter freundlich an. „Sie ist einfach der Hammer. So jung und voller Energie, toller Körper, und so viel Leidenschaft. Als ich sie traf, wusste ich sofort, was mir in unserer Ehe gefehlt hat. Da war einfach nicht mehr viel los, und du hast dich etwas gehen lassen, meine Liebe. Wie viel hast du eigentlich in unserer Ehe zugenommen?"

„Es sind nur fünf Kilo mehr, seit ich dich geheiratet habe." Nun liefen Elisa die Tränen über das Gesicht. „Die kann ich auch wieder abnehmen, wenn ich mehr Sport treibe, ich habe es in letzter Zeit einfach nicht geschafft. Du weißt doch, dass ich in meiner Firma alles geben muss, wenn ich die neue Position haben möchte."

„Ja, ja, deine Karriere, das ist auch ein Punkt, der mich genervt hat. Anstatt dich um mich und das Haus zu kümmern, hattest du nur noch deine Arbeit im Kopf. Svetlana ist ganz anders, das ist noch eine richtige Frau, die sich zurechtmacht, anschmiegsam und häuslich. Die hat nicht so einen Emanzipationsfimmel wie ihr deutschen Frauen. Sie versteht, mich zu verwöhnen, so wie es ein Mann gerne hat." Er grinste anzüglich, bis plötzlich eine weitere Gestalt im Türrahmen erschien.

„Liebling, was machst du hier?" Jetzt war es an ihm zu stammeln.

Die Frau, die auf ihn zuging, hatte ebenfalls einen Revolver in der Hand, den sie direkt auf ihn richtete.

„Wir waren uns doch einig, ich wollte das alleine erledigen, und dann zu dir kommen."

„Tja, wie es aussieht, haben sich die Pläne geändert", antwortete seine Geliebte in einem akzentfreien Deutsch. Sie lächelte ihn auf diese Weise an, mit der sie ihn von Anfang an verzaubert hatte, als er ihr das erste Mal auf der Messe begegnet war.

„Ich habe einfach keine Lust mehr, dich zu verwöhnen."

Er begriff schnell und richtete die Waffe jetzt auf sie.

„Keinen Schritt näher, sonst drücke ich ab."

„Du hast deine Hausaufgaben nicht gemacht, mein Lieber", sagte Elisa und jetzt endlich bemerkte er, was anders an ihrem Lächeln war. Es ging nicht über das ganze Gesicht, ihre Augen blieben ausdruckslos.

Jetzt hatte er nur noch nackte Angst und drückte ab. Ein Schuss erklang, aber Svetlana stand immer noch aufrecht. Panisch drückte er nochmal ab, richtete dann die Waffe auf seine Frau, aber auch hier passierte außer einem lauten Knall nichts.

„Blöd, wenn die Waffe nur Platzpatronen enthält", sagte Elisa, während Svetlana auf ihn zuging, neben ihn trat und die Waffe direkt an seinen Kopf hielt. Erst jetzt bemerkte er, dass Svetlana Handschuhe trug.

„Du solltest beim nächsten Mal deinen Revolver besser vorher kontrollieren. Schade nur, dass es für dich kein nächstes Mal mehr geben wird."

„Svetlana, bitte Liebling...", krächzte Konrad.

„Gib dir keine Mühe, Schatz." Nun kam ihm Elisas Lächeln geradezu diabolisch vor.

„Im Gegensatz zu deinen zahlreichen anderen Affären habe ich diese Dame für dich ausgesucht. Deinen Geschmack kannte ich ja und wusste genau, dass sie dein Typ sein wird. Sie heißt übrigens Martina."

„Aber du hast mir doch deine russischen Brüder vorgestellt." Konrad konnte es einfach nicht fassen. „Und dein Akzent, den ich so an dir liebe..."

„Ich habe verdammt lange gebraucht, um mir diesen bescheuerten Sound zuzulegen", erklärte Martina, „Konstantin und Smirnov waren aber gute Lehrer. Sie fanden es übrigens sehr lustig, sich als meine Brüder auszugeben. Selbstverständlich ließen sie sich das gut bezahlen."

Einen kurzen Moment glaubte Konrad, dies alles sei nur ein schlechter Traum und er würde gleich neben seiner süßen Svetlana erwachen. Als er aber das harte Metall des Revolvers an seinem Kopf spürte, wusste er, dass dies nicht so war.

„Wir können doch über alles reden, Mädels." Konrad versuchte, seine Stimme unter Kontrolle zu halten. „Ich gebe euch die Hälfte meines Vermögens, meinetwegen auch das Haus mit allem drum und dran."

„Warum sollen wir uns mit der Hälfte abgeben, wenn wir alles haben können?", schnaubte seine Frau und ihre Augen funkelten gefährlich.

„Ok, dann alles, ihr bekommt einfach alles. Wo soll ich unterschreiben, ihr bekommt alles, was ihr wollt!" Nun überschlug sich seine Stimme fast und er spürte wie sein Herz immer schneller schlug.

„Es ist vorbei, Liebling", raunte Martina ihm ins Ohr. „Und nur fürs Protokoll, ich kann Männer, die erwachsene Frauen als Mädels bezeichnen, nicht ausstehen."

„Gute Nacht, Schatz." Das Lächeln seiner Frau, das keins war, war das Letzte, was Konrad wahrnahm, bevor seine Geliebte abdrückte und ihm endgültig das Licht ausknipste.

VOM AUFBRECHEN

Barbara Schirmacher
MITTAGSDÄMON

Irene zog gleich nach dem Mittagessen eine Bluse über ihr luftiges Trägerkleid, um die Schultern zu bedecken, setzte den breitkrempigen Sonnenhut auf die frisch rot getönten Locken und nahm die leichte Stofftasche mit Badeanzug und Handtuch über die Schulter.

Sie hatte niemandem erzählt, was sie plante. Zwei Wochen verbrachte sie auf der Insel Dugi Otok in der Adria, um dort den letzten Teil ihrer Ausbildung zur Psychotherapeutin zu absolvieren, zusammen mit mehreren Gruppen, bestehend aus Psychologen aus Deutschland, der Schweiz und Jugoslawien.

Die Sonne stand hoch am Himmel, sie fand es heiß hier im Süden, obwohl es schon September war. Aber die Mittagsstunde, grell leuchtend auf dieser Insel, war ihr gerade recht! Die Kollegen dösten nach dem Essen in ihren Zimmern der etwas heruntergekommenen Hotelanlage. „Der morbide Charme einer moribunden Diktatur." Gernot lästerte gern und Günther, der wie Tito gucken konnte, guckte wie Tito auf dessen Konterfei über dem Empfang. Irene blickte unauffällig über die Schulter. Ihr Freund Serge in Altona hatte sie gewarnt. „Es sieht alles ganz easy aus in Jugoslawien. Aber vorsehen solltest du dich doch. Jede Menge Fettnäpfchen. Über die Gräuel im Zweiten Weltkrieg wird eisern geschwiegen. Der Deckel sitzt immer noch fest. Wenn der hochgeht, dann mit höllischem Getöse, und das ist abzusehen."

Die Karte der Insel hatte Irene sich eingeprägt. Ein schmaler, unbewohnter Landrücken wölbte sich sanft in der Mitte von der einen Küste zur anderen und verband die beiden breiteren Inselteile, auf denen die Ortschaften lagen. Die Bungalows der Hotelanlage blickten an der Schmalstelle auf die Adria Richtung Festland. Auf der anderen Seite lagen felsige Steilufer und eine halbrunde, einsame Bucht, weit und breit kein Haus. Solche Gegenden zogen Irene an. Die Einöde kitzelte ihre Entdeckerlust. Die Vorstellung, dort allein zu sein auf dem einfach da liegenden Land, erschien ihr wunderbar und ließ sie alle Warnungen beiseite schieben. Aber doch nicht al-

69

lein! Schon gar nicht als Frau! Ja, ja. Bleibt nur alle hübsch zu Hause. Langweilt euch zu Tode. Ich gehe.

Im Hochgefühl des Aufbruchs stürmte sie davon und ließ die einzeln stehenden Gehöfte in ihren Gärten mit den verlockend reifenden Feigen hinter sich. Dann folgte der Aufstieg in das unfruchtbare, höher gelegene Land, kreuz und quer durchzogen von Ziegenpfaden. Manchmal irrte sie ab, stieß aber immer wieder auf den wenig benutzten Fußweg nach Süden, auf die lockende Bucht zu. Bei fast jedem Schritt brachen Thymianzweige trocken knackend unter ihren Schuhsohlen, und starke Duftwolken stiegen auf. Hier, ohne Baum und Strauch, lastete die Hitze schwer auf ihr. Kein Vogellaut war zu hören, kein Windhauch zu spüren. Den leichtfüßigen Schritt des Anfangs hielt sie nicht lange durch. Aber eine Pause in der brennenden Sonne versprach auch keine Erholung. Schließlich konnte sie von der Kuppe eines kahlen Hügels hinübersehen zum silbern beschuppten Meer. Da wuchsen ihr wieder Flügel.

Auf einmal, merkte sie überrascht, schoben sich Sträucher neben den Weg, das Grün wechselte vom ausgedörrten Grau in einen saftigeren Farbton. Der Weg senkte sich. Kerbte sich abwärts in den Hang. Unter Irenes rutschenden Schritten löste sich Sand und lockerer Kies, der die tiefe Wegrinne hinabtrudelte. Sie nahm ihr eiliges, von der Nähe des Zieles befeuertes Tempo zurück, trat vorsichtiger auf. Die Äste bildeten ein Dach über ihr; im grün dämmrigen Hohlweg tappte sie abwärts, fasziniert von ihrer einsamen Erkundung, angezogen von dem Bild der halbrunden Bucht vor sich.

Da fiel ihr Blick neben dem ausgewaschenen Weg auf allerhand Fischerwerkzeug, Anker, Bootsteile, lange Holzstangen mit kräftigen Eisenspitzen. So einsam war es hier also doch nicht. Nur widerwillig ließ sie diesen Gedanken zu. Missmut wollte aufkommen. Sicher fühlte sie sich auf ihren Abseitswegen nur, wenn sie allein war. Wirklich allein. Ehe bedrohliche Fantasien in ihr Gestalt annehmen konnten, beruhigte Irene sich mit dem Gedanken: Gefischt wird frühmorgens oder nachts, auf keinen Fall in der hochstehenden Sonne am Mittag. Also keine Gefahr.

70

Entschlossen schob sie die letzten Zweige auseinander und stand vor ihrer Sehnsuchtsbucht. Blautürkisgrün. Schimmernd wie ein Opal. In geheimnisvollen Schattierungen. Eingefasst von bizarren Kalkfelsen auf der einen Seite und von einem langen geschwungenen Wellenbrecher aus hellen Steinblöcken, anscheinend frisch aufgetürmt, auf der anderen. Irene nahm sich Zeit. Versonnen lächelnd stand sie da. Atmete tief aus und ein. Ja. So. Das weißsandige Halbrund für sie allein. Langsam senkte sie die Schultern und ließ die leichte Stofftasche in den Sand gleiten. Ohne Hast löste sie sich von Bluse, Trägerkleidchen und Slip. Spürte die leichte Brise in den Schamhaaren.

Im Süden sagt man, der Mittagsdämon verwirrt die Sinne der Menschen. Hatte Pans Flöte sie gelockt, vermischt mit dem flirrenden Gebimmel der Ziegenglöckchen? War ihr das Aroma der Kräuter zu Kopfe gestiegen? Irene ging traumwandlerisch auf den Wellenbrecher zu, nur mit den derben Wanderschuhen bekleidet, als Schutz gegen die scharfen Kanten der Steine. Was brachte sie dazu, sich nackt auf fremdem Gelände zu bewegen? Sie wollte sich der Schönheit um sie her unmittelbar aussetzen, hätte sie geantwortet, kein Fetzchen Stoff sollte sie trennen von diesem besonderen Ort. Es war wie eine Eroberung in aller Wehrlosigkeit. Sie nahm in Besitz, was für alle da war, und jetzt eben für sie, hätte sie gesagt. Wenigstens für eine Weile. Es war die Illusion, die Schöpfung böte sich ihr dar, ungestört, wenn auch nicht unberührt. Mit dieser Illusion spielte sie. Und in der kurzen Spanne, die ihr zur Verfügung stand, wollte sie ganz da sein, mit Haut und Haaren. Sie wollte sich hingeben, nichts zurückhalten, ein Teil werden von Wasser, Luft und Erde. Sie überschritt eine Grenze, das war ihr klar. Das wollte sie. Sie genoss das angeregte Vibrieren in ihrem Körper. Niemand würde davon erfahren. Keine misstrauische Frage, keinen argwöhnischen Kommentar wollte sie zulassen. Niemandem würde sie erlauben, Häme über etwas zu gießen, das ihr so wichtig war. Heilig. Ihr fiel das Wort heilig ein und sie verstand nur allzu gut, wieso.

Wie an einer Schnur gezogen, eilte sie auf dem Wellenbrecher dem offenen Meer entgegen. So kam es ihr vor. Neben ihr, nur einige Meter Wasser entfernt, zog sich ein schmaler Steinstrand auf eine vorspringende Nase der Steilkiste zu.

Ihre schwingenden Schritte von Stein zu Stein, das sichere Überspringen der tiefen Lücken, in denen das Wasser gluckste, das kurzentschlossene Vermeiden der steilsten Spitzen, das Balancieren auf schmalen Graten, das Aufkommen auf schnell erspähten, gerade fußgroßen Plattformen, all dies ließ sie ihre Kraft und Wendigkeit spüren. Sie wollte Jubelschreie ausstoßen! Da traute sie ihren Augen nicht. Als sie sich aufatmend aufrichtete und den Blick nicht nur geradeaus, sondern rundum im Bogen schweifen ließ, über dieses türkisfarbene Juwel mit spiegelglatter Oberfläche, da glitt hinter den Felsen auf der anderen Seite der Bucht ein Boot ins Bild, ein offener Fischerkahn mit zwei jungen Männern darin. Irene zuckte zusammen und sackte zu Boden. Da hockte sie, völlig nackt, zwischen scharfkantigen Gesteinsbrocken. Der Ton ihrer hellen Haut verschmolz fast mit dem Kalkstein, aber ihr Lockenbusch leuchtete rot. Wie hier wegkommen! Wenn sie losrannte, brauchten die Männer nur einige kräftige Ruderschläge und waren vor ihr am Strand, wo ihre Sachen lagen. Sie verwarf den Gedanken, aber sie kam auf keinen besseren. Ratlos beobachtete sie das scheinbar harmlos heranschwebende Boot. Die Männer waren ganz in ihr Tun versunken. Einer saß hinten an der Pinne. Der andere stand in der Mitte und hielt eine dieser langen Holzstangen, die sie am Weg gesehen hatte, in die Höhe. Aufmerksam musterte er das glasklare Wasser und plötzlich jagte er die Stange mit dem Eisenhaken in den Grund. Das Boot näherte sich dem Wellenbrecher. Irene versuchte, sich tiefer in die Lücke zu drücken, starr die aufgerissenen Augen auf die Männer gerichtet. Da bemerkte sie, dass der an der Pinne sie entdeckt hatte. Ein Stutzen fuhr ihm sichtbar durch den Leib. Dann ließ er die Pinne los, fuchtelte mit beiden Armen zu ihr hinüberdeutend und rief dem anderen etwas zu. Bewegungslos starrten sie in ihre Richtung. Bis sich die erste Verblüffung löste und ihre Gesten zeigten, dass die anfängliche Scheu umzuschlagen schien. Ihre Stimmen klangen lauter, entschlossener. Ein anzügliches Lachen scholl herüber. Irene hockte immer noch zwischen den Kalkbrocken. Unfähig, sich zu bewegen. Langsam drehte sie den Kopf und suchte den schmalen Steinstrand hinter sich

72

nach einem Ausweg ab. Da kamen zwei Personen um die Felsnase und näherten sich zügig. Die eine eher füllig; Irene meinte, in ihr weibliche Formen zu erkennen und hoffte inständig auf eine handfeste Frau, die beherzt eingreifen würde.

Doch es waren zwei Männer in mittleren Jahren, die sich da näherten. Irene wollte sich jetzt nicht entmutigen lassen. Sie lugte über ihren Stein, ließ ihren roten Haarschopf sehen und machte eine unbestimmt winkende Handbewegung. Sie blieben ruckartig stehen und wendeten ihre Köpfe zwischen der seltsamen Erscheinung auf dem Wellenbrecher und den jungen Männern im Boot hin und her. Die waren inzwischen offensichtlich in angeheizter Stimmung, zeigten in Irenes Richtung, rumsten mit der Holzstange dröhnend auf den Boden des Bootes und schrien den Neuankömmlingen zu, sich mit ihnen zusammen über die unerwartete Beute herzumachen. Oder so ähnlich. Irene verstand die Wörter nicht, aber den Ton.

Da watete der Schlankere der beiden Strandwanderer ein paar Schritte ins Wasser Richtung Boot und begann eine Verhandlung mit den Fischern. Bestimmt und ruhig fordernd zeigte er mit ausgestrecktem Arm die Küstenlinie hinunter, als wollte er einen Zielort bezeichnen, und griff sich auch gleich in die Gesäßtasche, anscheinend um einen Geldschein herauszuziehen. Die Männer im Boot zögerten. Diese Wendung schien ihnen nicht zu gefallen, aber dann nickten sie doch und lenkten das Boot ins Flache, um die Zwei aufzunehmen.

Jetzt Irene! Sie holte Luft, sprang auf und flog. Flog tatsächlich. Jede Faser, jede Zelle ihres Körpers war gespannt, aufmerksam, in äußerster Bereitschaft. Sie schnellte von Stein zu Stein, nahm wahr, wie unter ihr die Sohlen nur mit kleinstmöglicher Fläche die scharfen Grate berührten und sich sofort wieder lösten, flogen, sprangen, schnellten – es war eine fast unwirkliche Jagd mit überscharf gestelltem Zusammenspiel zwischen Sinnen, Nerven, Muskeln. Da! Das Ende des Wellenbrechers! Irene stürzte fast, so sehr bremste der lockere Sand ihren Flug. Auf dem Strand ihr Kleid. Ihre Bluse. Ihr Slip. Sie fiel in den Sand.

Und jetzt? Loslaufen über die Insel, nicht anhalten bis zur Hotelanlage? Bloß nicht panisch werden, sagte sie sich, den Überblick behalten. Auf keinen Fall den Hohlweg hochsteigen. Die Fischer waren hier zu Hause. Die kannten sich aus mit allen Nebenwegen und Verzweigungen. Die konnten überraschend auftauchen oder sie in aller Ruhe aus einem Versteck beobachten, ganz wie sie wollten. Während sie sich im Gewirr der Ziegenpfade verheddterte. Sie blieb im Sand sitzen, wieder ohne zu wissen, was sie tun würde. Da hörte sie den Dieselmotor. Das Boot umrundete den Kopf des Wellenbrechers und hielt auf den Strand zu. Alle vier Männer saßen im Kahn. Irene wollte so entspannt wie möglich auf sie wirken, eine Touristin, die den Nachmittag am Strand genoss. Sie griff also in ihre Stofftasche und zog den Apfel hervor, vorsorglich eingepackt, biss herzhaft hinein und kaute ausgiebig. Einer der Jungen sprang an Land, zog die lange Holzstange mit dem eisernen Haken von Bord, schob sie hinter dichtes Gebüsch am Hang und watete zurück. Der andere ließ den Motor wieder an und zog einen weiten Bogen durch die Bucht. Kein Blick mehr für die Frau am Strand. Doch. Einer der Strandwanderer drehte sich zu ihr um. Ein rundes, freundliches Gesicht mit hohem Haaransatz. Ein feines Lächeln um den Mund. Ein angedeutetes Nicken. Er hob die Hand, als wollte er sie grüßen. Aber die Geste verwehte. Sie konnte sich das eingebildet haben.

Petra Thelen
SCHLITTENRENNEN

Schon lange waren wir draußen in der kalten Schneeluft. Immer noch fielen die fetten Flocken auf unsere Anoraks, die schon lange nicht mehr trocken waren. Keine schicken Daunenjacken, jedes Nass von sich weisend, dafür selbstgestrickte Norwegerpullover unter einem wasserdurchlässigen bunten Anorak. Outfit? Unwichtig.

Meine Hände in den nassen Handschuhen waren eisig. Das Seil, womit ich den Schlitten zog, zweimal um das Handgelenk gewickelt, brannte in meiner Haut.

Am Morgen waren meine Geschwister und ich zum Rodelberg aufgebrochen. Unter Gelächter und Erwartungen. Mein neuer Freund Frank war auch dabei. Wir zogen an einem Strang. Wir machten etwas gemeinsam. Ohne die Eltern.

Wir sammelten Freunde auf dem Weg durch die Siedlung ein und bildeten einen langen Tross mit den Schlitten. Auf einigen saßen die jüngeren Geschwister, die sich ziehen ließen, sich dabei aber gut festhalten mussten, denn immer wieder gab es glitschige vereiste Unterbodenwellen. Es war schon der vierte Tag, an dem es heftig schneite. Nicht ganz ungefährlich. Auch der Hang hatte eisige festgefahrene Stellen, an denen der Schlitten besonders gut hinunter glitt. Mehrmals gelang es mir gestern nicht mehr, ihn in die gewünschte Richtung zu lenken. Und prompt landete ich zwei Mal in der Hecke und kassierte zwei Mal eine aufgerissene Wange. Heute wollten wir unser Rennen fortsetzen. Wir bildeten verschiedene Gruppen, hatten uns von Heiners Papa eine Stoppuhr ausgeliehen. Es traten immer zwei Mannschaften gegeneinander an. Wir hatten verschiedene Disziplinen geschaffen: Einer, Bob und Dreier. Jonathan war unser Punktewächter.

Die Kleinen waren damit beschäftigt, einen Schneemann nach dem anderen zu bauen. Mein älterer Bruder machte den Boss. Er konnte auch schon ein Iglu bauen. Obschon nur mit unserer Hilfe. Wir nahmen die Gitter von den Kellerfenstern, zwei an den Seiten, füllten den Abstand mit Schnee, an den beiden schmalen Seiten mussten jeweils zwei aufpassen, dass der Schnee dort nicht raus fiel, und schon hatten wir funktionierende Platten, die wir zu runden Wänden aneinanderreihten.

Da der Schnee so schön formbar war, ging das alles prima. Aber mein Bruder bestimmte. Im Sommer, wenn wir Murmeln spielten, bestimmte er, abends am Fernseher bestimmte er, was wir gucken, und im Schnee bestimmte er auch immer. Mich nervte das. Früher war er mein Held und ich hatte immer zu ihm hochgeschaut. Der beste Bruder der Welt. Aber jetzt war ich älter geworden. Ich wollte mir nicht mehr alles gefallen lassen von ihm. Für diesen Winter hatte ich mir vorgenommen, schneller zu sein als er. Ich hatte mir aus dem Keller eine Extraschwarte Schweinespeck geklaut, um damit die Kufen einzureiben. Der Speck machte die Kufen geschmeidig und damit glitten sie besser. Heute würde mein Tag. Nach außen hin tat ich ganz entspannt und verhielt mich so wie die letzten Tage auch. Ich sah zu, dass es den Kleinen gut ging, ich kämpfte mit Ulla und Jonas um die besten Startplätze. Und punktemäßig lagen wir weit vorn. Ich wollte unbedingt heute gegen meinen Bruder antreten. Im Einer. Mir fehlten noch drei Fahrten, um an die Spitze mit ihm zu kommen. Ich war so konzentriert auf meine Chance, dass es mir gelang, alle anderen auszubooten. Mein Bruder war ganz überrascht, als ich neben ihm an der Startlinie stand. Ich hatte beobachtet, wie er heute immer wieder zu Sabine rüber ging und mit ihr flirtete zwischen den Fahrten. Er fühlte sich immer so sicher, als könnte ihm niemand etwas anhaben. Er stand neben mir und fixierte mich. Leichtes Spiel, sagte er.

Ich war innerlich ganz ruhig und knallhart berechnend. Die Startlinie wurde an den Seiten von Tony und Sabine fest gehalten, Richard brüllte: Auf die Plätze fertig los. Wir warfen uns noch einen letzten Blick zu und ich schloss ein klein wenig die Augen, so dass nur noch ein Schlitz stehen blieb, nahm kräftig Anlauf und schmiss mich auf meinen Schlitten. Ich kümmerte mich gar nicht um meinen Bruder, sondern machte mich in Bauchlage so klein wie möglich, drückte meinen Körper mit allen Muskeln auf den Schlitten, den Lenker mit beiden Händen fest umklammert. Ich spürte den Fahrtwind und dieses unglaubliche Glück des Siegenwollens. Und ich fühlte, wie mein warmes Blut durch mich hindurch pumpte, flog den Hang hinunter. Die Sicht war trüb. Aber weil ich die Strecke genau kannte, sie mir in den letzten Tagen immer wieder eingeprägt hatte, war dies kein Problem. Mein Herz klopfte. Ich hörte Stimmen und Rufe. Petra, Petra, du schaffst es. Ich presste mich nochmal enger an den Schlitten, das Holz hart an meinen Oberschenkeln. Ich raste durch die Ziellinie, stoppte gekonnt ab und blieb stehen. Mein Freund kam auf mich zugerannt und brüllte: Du hast es geschafft. Dein Bruder ist hinter dir in die Ziellinie eingelaufen. Er umarmte mich stürmisch, drückte mich, küsste mir das rotwangige Gesicht ab, leckte die Schnee-flocken von meinen Lippen. Gewonnen! Erste. Mein Bruder kam auf mich zu, legte seine Hand auf meine Schulter und sagte: Das hast du verdient. Du warst schneller als ich. Respekt.

Jürgen Schöneich
DIE KAFFEE BARONINNEN

Sein Alltag als Schriftsteller beginnt am frühen Morgen in der Schlange zum Kaffeetresen. Die Einheimischen vor ihm plaudern mit den Ladys hinter der Theke, manche flirten. Der kleine Kaffeestand schwirrt vor gute Laune, die besonders von der jungen Frau an der Kasse ausgeht. Eine kaffeebraune Schönheit mit abenteuerlich aufgetürmten Haaren, blitzenden Zähnen und einem Blick, der jedes Herz erweicht. Zum Schmelzen bringt und auch zum Verdampfen, wenn man sich nicht vorsieht.

Immer ist sie bestens gelaunt, und immer haftet ihr etwas Ironisches an, so als ob sie den Job gar nicht bräuchte. Als ob sie morgens um 7:30 Uhr nur an dieser Kasse steht, weil es hier immer etwas zu lachen gibt. Und weil ihr das Leben in der Villa mit dem Pool einfach zu langweilig ist.

Nach ein paar Minuten Warten und Staunen ist er an der Reihe. Er kann die Sprache nicht gut. Besser gesagt, er spricht fast kein Wort und versteht so gut wie gar nichts. So beschreibt er stammelnd auf Englisch, wie er seinen Kaffee gerne möchte. Einen doppelten Espresso in einer Kaffeetasse, verlängert mit einem bisschen mehr heißem Wasser. Und Süßstoff, ganz wichtig. Zu seinem Gestammel hat er eine kleine Choreographie entwickelt. Er zeigt mit zwei Fingern den doppelten Espresso, stellt mit der rechten Hand die große Tasse dar, und für den Süßstoff hält er ein kleines Tütchen hoch, das er im Portemonnaie bei sich trägt.

Die ironische Lady mit der Turmfrisur betrachtet ihn mit amüsiertem Wohlwollen. Er ist sich nie sicher, ob sie sich vielleicht über ihn lustig macht. Aber das ist ganz egal. Er ist nun mal ein bleicher, etwas ungelenker Nordländer. Ihr Blick ruht ein bis zwei lange Sekunden auf ihm, dann ruft sie ihren Kolleginnen etwas zu, das diese zu einem kurzen Auflachen bringt. Die Frau an der mächtigen Kaffeemaschine macht sich an ihre Arbeit. Die ironische Lady hält die Hand auf. Mit einem Nicken deutet sie auf das Display über der Kasse, er darf bezahlen.

Kurz darauf stellt die Kaffeemaschinenfrau seinen Kaffee vor ihm ab, ohne den Süßstoff allerdings. Er beugt sich tief über den Tresen und angelt zwei Tütchen davon aus einer alten Blechdose. Das ist ein bisschen forsch und wird mit Stirnrunzeln quittiert, das sich zu einem Lächeln wandelt.

Er zieht die Schultern hoch, guckt schuldbewusst und spielt eine Entschuldigung, mit der er die Belegschaft wieder zum Lachen bringt. Dann nimmt er die Tasse und trägt sie vorsichtig zu seinem Tisch.

Der Kaffeestand befindet sich oben in einem Einkaufszentrum auf der Galerie. Von manchen Tischen überblickt man das ganze Zentrum, einer davon ist sein Tisch. Nämlich der, der am wenigsten kippelt. Der Schriftsteller holt seinen Laptop aus dem Rucksack, lässt die Süßstofftabletten in die perfekte Crema fallen und rührt ehrfurchtsvoll um. Kurz bevor er anfängt zu schreiben kommen auch die beiden alten Männer, die jeden Morgen hier sind. Einer dürr und ausgetrocknet wie ein Zweig, gekleidet in einen alten blauen Trainingsanzug, eine Schiebermütze auf dem Kopf. Der andere ein Dickerchen im blauen Anzug. Beide haben eine Zeitung dabei. Sie suchen sich jeder einen Tisch, ganz ohne einander zu beachten. Noch nie hat er gesehen, dass sie sich gegrüßt haben, obwohl sie täglich fast in der gleichen Minute hier erscheinen.

Noch einen Schluck Kaffee, im Open Office ein neues Dokument anlegen – so beginnt der Tag des Schriftstellers. Wobei er weiß, der allerschönste Augenblick ist bereits vorüber. Das war, als er seine Kaffeebestellung aufführen durfte, vor einem strengen und leicht amüsierten Publikum.

Auf dem Kassenbon des Kaffeestands steht als Name „Os Barões do Café“, die Kaffee Barone. So hat er die fröhlichen Frauen hinter dem Tresen seine Kaffee Baroninnen genannt.

Wie lange er schon jeden Morgen hierher kommt, weiß er nicht. will es auch gar nicht wissen. Es ist schon schlimm genug, dass heute ein Flugzeug auf ihn wartet, ganz geduldig wie eine Katze vor dem Mauseloch. Nur drei U-Bahnstationen sind es von den Kaffee Baroninnen zum Airport. Ein paar Stunden später wird das Flugzeug ihn zu Hause abliefern. In seiner Welt, im Norden der Bleichgesichter, wo man Alkohol zum Lachen braucht. Wo Schnee liegt, wo das Reihenhaus wartet, die Kanzlei, die Familie.

In seiner Welt im Norden ist er kein Schriftsteller. Er hat keine Lust, heute schon dorthin zurückzukehren. Zum Glück kann er sich es finanziell leisten, einen Flug verfallen zu lassen. Denn genau das wird er tun. Er wird das Flugzeug fliegen lassen, um morgen noch einmal mit Händen und Füßen einen Kaffee zu bestellen.

VOM ABSCHIEDNEHMEN

Hartmut Fanger
UNWEIT LANDUNGSBRÜCKEN

Landungsbrücken in der Hitze eines Sommernachmittags. Ungehalten dröhnte die Elbe gegen den Schutzwall. Höher als jedes Haus bewegte sich träge wie ein Walfisch ein Containerschiff auf dem Wasser. Voran dieser kleine Schlepper. Ich sah die Docks. Ein Gewirr von Kränen. Riesige schwarze Vögel, die ihre Schnäbel in die Luft hingen oder auf Boden, Schiffen und Wasser nach Nahrung suchen. Skurril anmutende Metallkonstruktionen. Beißender Geruch nach Moder, Teer und totem Fisch. Die Stufen herab zur Straße hin.

W. hatte in diesem einstigen Arbeiterviertel gelebt, das zur Zeit der Industrialisierung entstanden war. Kleine, komfortable Wohnungen, dazu ausgerichtet, dass die Hafenarbeiter schnell zur Stelle wären. Männer waren in der Frühe mit Schiebermützen und einem Säckel belegter Brote hinüber zur Werft geströmt. Das wuchtige Schlagen der Nieten in die Schiffswände. Qualm aus unzähligen Schornsteinen.

Es war heiß und am Himmel ballte sich etwas zusammen. Ich bog in die Rambachstraße ein. Dort oben im zweiten Stock hatte er gewohnt. Und ich sah mich ihm gegenüber sitzen, wie er das Ende seiner selbst gedrehten Zigarette auf die Tischplatte klopfte, bevor er sie sich zwischen die Lippen klemmte, in Zeitungen blätterte, Espresso trank. Er in Jeans und T-Shirt. Die leicht ergrauten Haare bis zur Schulter. Den Bart kurz geschnitten. Das Gesicht braungebrannt. An den Wänden Fotos, gestochen scharf und in Poster-Format. Seine Ex Susan. Der Jahrhundertwinter vor vierzig Jahren. Eisschollen auf der Elbe. Festgefrorene Barkassen. Meterhohe Schneewehen.

Mir lief der Schweiß nur so runter und ich blickte in die Schaufenster. Das Viertel gibt es heute noch. Doch ist es von Touristen völlig überlaufen, die wie Vieh auf die Abfütterung vor den portugiesischen Restaurants im Freien warten. Im Moment war es anders. Die unbeschatteten Plätze blieben frei. Alles flüchtete nach drinnen.

Ich erinnerte mich an dunkelhäutige portugiesische Seefahrer, die an langen groben Holztischen hier gespeist, zur Ziehharmonika getanzt, gelacht und Zigarrenrauch verbreitet hatten. Manche trugen im Sommer Wollmützen, die sie auch beim Essen nicht abnahmen. Wie auf einem Schiff, das die Weltmeere durchquert.

W. wollte weg. Irgendwohin, wo es das ganze Jahr warm ist, wo er sich von seinen Angelkünsten selbst ernähren könnte. Am Strand schlafen. Kein Mensch würde ihm etwas vordiktieren. In den Tag hinein leben. Nehmen, wie es kommt. Er bräuchte dies alles nicht. Eine Hütte. Portugal wäre nicht schlecht. Die Algarve.

Seit sie hierher gekommen waren, immer das gleiche Bild. In schwarzweiß schoben kräftige Männer, bis zu den Hüften im Wasser stehend, ein mit Fischen beladenes Boot auf den Strand. Auf seinem Teller ein Stück Seehecht mit Wirsingkohl, Zwiebelsoße und Salzkartoffeln. Stets füllte W. aus dem Literkrug Rotwein nach. Kaum ein Tisch frei. Stimmengewirr. Neben sie hatten sich fünf Männer und eine Frau gesetzt. Hinter ihnen schrie ein Kind. Er wandte sich um. Eine Mittdreißigerin hielt das Kleine hoch. Am Tresen drängten sich Leute. Darüber zuckten die Bilder des Tages aus dem Fernsehschirm, unter der Decke installiert. Das Klicken eines Spielautomaten. Die Espressomaschine brodelte und zischte. Irgendwoher Gitarrenklänge. Der Fisch versalzen.

Mit einem Brandy hatten wir so manchen Abend beendet. Ich ging dann oft zu Fuß in Richtung Speicherstadt. Schwach beleuchtete Barkassen wippten im Rhythmus der Wellen. Lagerhäuser stemmten sich gegen den dunklen Himmel. *Wilhelminischer Baustil für Kautschuk und Nelken, Nerzfelle und Kakao. Gotisch anmutende Spitztürme, Giebel und Erker. Kathedralen für die Kaufleute*, hatte ich irgendwo gelesen. Von den Wellen bewegt, lehnte ich mich an die Brüstung und starrte auf das schwarze Wasser.

Von der Sonne im hellen Licht gebadet, die Umrisse der Elbphilharmonie. W. gab es schon lange nicht mehr. Und doch wurde ich das Gefühl nicht los, dass es wahr ist, dass ich mich fortbewegte, dass *ich ging und alles ging mit.*

Petra Thelen
ABSCHIED

Nach längerer Zeit wollte ich mal wieder im Sommer meine Mutter, ja meine Eltern besuchen. Sie wohnten in einem Haus mit einem Grundstück am Wald in einem kleinen Dorf. Ich hatte mir abgewöhnt, dort hinzufahren, da es in der Regel trotz guter Vorsätze nicht dazu kam, dass ich in Gegenwart meiner Eltern so sein konnte wie ich war. Besuche in meine Heimat waren immer sehr aufwendig. Sechshundertsiebzig Kilometer lagen zwischen uns. In den letzten Jahren war mir bewusst geworden, dass es nicht die Kilometer waren, die räumliche Distanz, die körperliche Distanz, die mich abhielten, häufiger dort zu sein. Es war unsere Herzensdistanz. Alles was meiner Mutter wichtig war, schien mir unwichtig: Prestige, ein großes Haus, ein Mann mit einem hohen Posten, ein großer Garten, viele Kinder, putzen, waschen, kochen, Gemüse hochziehen, betreuen und ernten, einkaufen, nähen, sticken, Socken stricken, sich nach dem Leben des Mannes richten, immer da zu sein, wenn selbst die schon erwachsenen Kinder sie beanspruchten und an Wochenenden mit den Enkeln vorbeirauschten. Am Sonntag in die Kirche gehen und dann auch mit der Gemeinde ein Schwätzchen halten. Beten, sich um den Mann kümmern, alles in einem Atemzug.

Ich hingegen lebte in der Großstadt. Umgeben von Lärm, Autos, vielen Menschen, vielen Religionen, vielen Andersartigkeiten. Kein ständiges Groß, sondern ein ständiges Viel. Ich wollte meinen Horizont erweitern und andere Kulturen und Ansichten kennenlernen. Ich reiste gerne, immer dem Geldbeutel entsprechend. Ich liebte das Schwimmen, vor allem in Flüssen und Seen und da am liebsten mitten im Wald, wenn die Sonne durch die Blätter schien. Ich lernte für mein Leben gern, fing ständig Neues an, wollte mich wandeln und eine Andere werden, als ich war. Ich liebte das Lesen und Schreiben, Rhythmus und Melodien, Jazz, aber auch Pop und Rock und Reggae. Schlager, nein danke.

Als ich meiner Mutter in diesem Jahr, gebeutelt von ihrem letzten Schlaganfall und zu stolz mit einem Gehwagen durch das Dorf zu gehen, begegnete, erzählte sie mir von ihrem Masseur. Ein großer, schwerer Russe mit goldenen Händen. Wir gingen zusammen zu ihm und jede von uns genoss die Massage. Gemeinsamkeit. Herzensnähe. Es war am letzten Tag meines Besuchs. Am Nachmittag brachte sie mich zum Bus, da sie mich nicht, wie sonst üblich, mit dem Auto zur Bahn bringen konnte. Abschied. Sie winkte mir lange nach. Es war das letzte Mal, dass ich sie sah.

Christa Hilscher
ZEIT ZU GEHEN

Geschickt nahm er die Katze hoch. Sie fauchte, versuchte zu kratzen, wollte ihn beißen, doch erfolglos. Er hielt sie in seiner Armbeuge und streichelte mit der freien Hand über das graue Fell. Er sprach auf sie ein. Gleichmäßig, beruhigend. Im Takt seiner streichelnden Hand erzählte er ihr eine Geschichte. Das Tier entspannte sich, machte es sich bequem in dem Ärmelnest und tiefes Schnurren setzte sich in leichtem Vibrieren des gesamten Körpers fort. Inzwischen kamen auch die anderen Katzen aus ihrer Deckung. Der große Rote trat vorsichtig aus der Hecke, setzte sich in gebührendem Abstand und sah herüber. Er putzte seine Pfoten, ohne den Mann mit der Katze aus den Augen zu lassen. Plötzlich erhob er sich, machte einen bedrohlichen Buckel, streckte sich, stellte den Schwanz auf und kam gnädig in majestätischem Gang heranstolziert, mit einem Satz sprang er auf die Bank neben ihn, begann zu schnurren und fuhr dabei mit dem Kinn am Ärmel des Alten entlang.

Als die Abendsonne leuchtendrot versank, murmelte der Mann immer noch vor sich hin. Hier draußen ging es ihm gut. Mit den alten Geschichten von Königen und Zauberern, den Rittern und dem traurigen Soldaten stieg sein Leben vor ihm auf.

Und seine Hand streichelte und streichelte. Die Tiere blieben die gleichen. Es gab immer noch Katzen, die es liebten, verwöhnt zu werden, ihm geduldig zuhörten, sich vertrauensvoll zu ihm gesellten.

Ja, er war alt. Neunzig fast. Mühsam bedacht, Haltung zu bewahren, gerade zu gehen, die Schulter gestrafft zu halten, schritt er durch den Park. Es war ein kurzer Weg bis zur Wohnung. Damals, als seine Jüngste aus dem Haus ging, hatten sie sich für diese Wohnung entschieden. Praktisch, nur drei Zimmer, so dass Martha nicht zu viel Arbeit mit dem Hausputz hatte. Ach Martha, dachte er traurig. Vor zwei Jahren war sie gestorben. Eingeschlafen, sagt man so. Morgens nicht mehr aufgestanden. Schön für sie, aber er, er saß nun da. Ihr ganzes Leben hatten sie gemeinsam verbracht. Martha und Herbert Dreier stand immer noch auf dem Klingelschild. Er schloss die Wohnung auf, warf den Schlüssel auf das Garderobenschränkchen, stellte den Stock in den Schirmständer, zog Mantel und Straßenschuhe aus, schlüpfte in die Pantoffeln, blickte in den Spiegel, strich sich das schüttere weiße Haar glatt und ging in die Küche. Er setzte sich an den Tisch und sah hinaus. Langsam kam die Dunkelheit, doch er schaltete das Licht nicht an. Er saß da und dachte an die Kinder. Sie machten sich Gedanken. Ewig konnte er hier nicht so allein in der Wohnung leben.

Morgen würde er sich darum kümmern. Entschlossen stand er auf, ging ins Wohnzimmer, schaltete den Fernseher ein. An einer Talk-show blieb er hängen, ärgerte sich darüber, dass alle durcheinander schrien, dachte, was nehmen sie sich doch wichtig. Die Sendung ging vorbei, sie hatte ihn nicht gescheiter gemacht. Mit den Nachrichten verhielt es sich ebenso. Einzig der Wetterbericht hellte seine Laune noch einmal auf.

Am anderen Morgen war er voller Tatendrang. Nahm das Telefon-buch aus dem Schrank, legte einen Schreibblock dazu. Suchte nach Lineal und Kugelschreiber. Gewissenhaft bereitete er eine Tabelle vor und trug all die Adressen der Heime, Wohnstifte ein, er kicherte, wieder so ein Wort, das es heute nicht mehr häufig gab. Stift. Das war er auch einmal. Damals war er jung, gleich nach der Schule und der großen Verwüstung im Land und in ihm. Als Stift hatte er bei Bruns angefangen, in der Spedition, war als Geselle dort geblieben bis zur Rente. So etwas gab schon lange nicht mehr. Nun schrieb er mit ei-nem Stift wiederum die Adressen von Residenzen und Seniorenhei-men heraus.

Dann betrachtete er die Tabelle. Für einen Augenblick sah er Martha vor sich sitzen. Sofort war alles trostlos wie immer und er konnte die Wut, die plötzlich in seinen Arm fuhr, gerade noch stoppen, bevor er alles vom Tisch gefegt hätte. Es war sinnlos. Er hatte sein Gegenüber verloren. Martha fehlte ihm. Die Gespräche, das Miteinander. Jetzt sprach niemand mehr mit ihm. Gut, im Supermarkt, auf der Straße, es war ja nicht so, dass er stumm durchs Leben ging, aber das Alltägli-che, das einfache Dasein, das musste er allein ausfüllen. Er stellte sich ans Fenster, sah hinaus.

Ich muss mich um einen Heimplatz kümmern. Das wird Karin freuen und auch Elisabeth, seiner Jüngsten, wird er schreiben. Irgendwo lag ihre Adresse. Vielleicht ist sie auch grad wieder auf einer Insel und rettet bedrohte Pflanzen. „Sollte vielleicht besser ihren vom Aussterben bedrohten Vater retten", murmelte er. Dabei wusste er, das war ungerecht. So nahe hatten sie sich nie gestanden. Wahrscheinlich hatte sie selbst nur noch ein paar Jahre in ihrem heißgeliebten Job, bevor auch sie zum alten Eisen zählte. Schließlich war auch sie schon fast im Rentenalter. Er kicherte in sich hinein. Seine Tochter, die Kleine mit den weißen Locken, nun eine alte Frau.

Er war entschlossen. Ja, ich such mir ein Heim. Dabei schlurfte er ins Wohnzimmer, holte einen Stadtplan aus dem Schrank und breitete ihn auf dem Tisch aus. Nun kreiste er alle Altenheime, Wohnstifte und Residenzen, die er auf der Liste eingetragen hatte, auf dem Plan ein und versah die Kreise mit Nummern. Herbert staunte, wie viele es in der Stadt und selbst am Stadtrand gab. Sogar in unmittelbarer Nähe seiner Wohnung. Er wollte mit dem nächstgelegenen anfangen. Dazu schrieb er alle Fragen, die ihn bewegten, auf ein Blatt. Er musste schon genau informiert sein. Als er alles bedacht hatte, lehnte er sich zurück und schaute auf die Uhr.

Er fütterte wiederum die Katzen, ein weiterer Abend vor dem Fernseher, er schlief schlecht in dieser Nacht und träumte schwer. Am nächsten Morgen erwachte er völlig verstört. Mutlos saß er auf dem Bettrand und fand nur schleppend in den Tag. Die Liste von gestern interessierte ihn nicht mehr. Er sah im Geiste die sabbernden, keuchenden alten Menschen, Fremde, die gierig nach ihm griffen. So sollte sein Leben nicht enden. Dabei dachte er an die beiden Fläschchen, die er nach Marthas Tod an sich genommen und vor den Kindern versteckt gehalten hatte. Er musste nur noch einmal in die Innenstadt. Der beste Whiskey seines Lebens sollte es sein. Dann würde er schlafen. Er machte sich auf den Weg.

Schon an der Treppe zur U-Bahn schlug ihm der typische Dunst entgegen. Schweiß, Urin, Maschinenöle und weiter unten spürte er den Sog des einfahrenden Zuges, der ihn in dieses dunkle gefräßige Loch zog. Ihn schauderte. Genau das will ich nicht mehr, dachte er. Diese

Stufen, das Gegröle und Geschreie und Geschubse der Jungen. Pöbeln den ganzen Tag herum. Vielleicht hätte er den Bus nehmen sollen, aber viel besser war das im Sommer auch nicht, außerdem war der gerade weg. Herbert krittelte an allem herum.

Die Bahn hielt und er stieg sorgfältig ein. Nur nicht stolpern, nicht auffallen. Er fand einen freien Platz, aufatmend setzte er sich. Am Rathausmarkt stieg er aus. Der Weg bis zu den Treppen, dann endlich trug ihn die Rolltreppe ans Licht. Er stand einen Augenblick still. Sonne, Schwäne auf dem Binnensee. „Meine Stadt", seufzte er, wehmütig wanderte sein Blick über den Platz. Er setzte sich auf eine Bank neben einem Kiosk. Nur ein wenig ausruhen. Zwischen all den Passanten, die eilig hier und dorthin rannten, den lachenden Kindern mittendrin, fiel ihm ein rotes Kleid auf, das über den Platz spazierte. Die Leichtigkeit, mit der es getragen wurde, wippte bei jedem Schritt. Himmel, ist die nicht zu alt dafür? Dabei begleitete er die Dame mit seinen Blicken bis zum Eingang des Rathaushofes. Viel zu auffällig. Er erhob sich. Zum letzten Mal wollte er den Innenhof des Rathauses ansehen, ein letztes Mal über den Platz schlendern. Dabei zog er das Jackett gerade, straffte sich, schritt quer über den Platz. Fast unwillig versuchte er, das rote Kleid nicht aus den Augen zu verlieren, fand sich dann wie zufällig ein paar Schritte hinter der Dame. Auch hier im Innenhof war es heiß. Herbert schwitzte. Gerade hatte sie an einem Tisch im offenen Restaurant Platz genommen und vertiefte sich in die Karte. Er ließ sich an einem der nahen Tische nieder. Schnaufte durch und tauchte in die Speisekarte.

Nach dem Essen zählte er dem Kellner das Kleingeld in die Hand. Er erhob sich erneut, ging nun langsam über die Brücke. Seine Schultern hingen, seine Füße fanden nur schleppend ihren Weg. Eine traurige Gestalt, die nach einigen Minuten die Klinke einer Ladentür herunterdrückte. Keine Schiebetür, die sich von selbst öffnet, wenn ein Kunde den Weg hinein sucht, nein, eine altmodisch geschnörkelte Türklinke gab den Weg ins Innere des Raumes frei. Er atmete den Duft von Leder, Spirituosen und einem Hauch Tabak. Das war es, das Vorzimmer zum Paradies. Er wendete sich an den Verkäufer. Wenig später verließ er das Geschäft mit einer Geschenktüte in der

Hand. Noch beschwingt durch die Atmosphäre, bewegte er sich wieder in Richtung Markt. Er holte sich einen Kaffee und setzte sich vor dem Kiosk an einen der Tische, um auf den Bus zu warten. Es war immer noch recht heiß und der Sonnenschirm spendete kaum Schatten. Doch im Gegensatz zum Vormittag war Herbert bei guter Laune, lehnte sich zurück, ließ das Leben über den Marktplatz an ihm vorbeitreiben. Mittendrin bemerkte er einen Mann, der direkt auf den Kiosk zusteuerte.

Himmel, ist der abgerissen. Der Fremde kam mit einem Becher an seinen Tisch. „Noch frei?" Dabei zeigte er mit dem Kaffee auf einen Stuhl. Herbert nickte und versuchte, nicht zu auffällig auf den Handwagen zu starren, den der Mann nun neben dem Tisch parkte. Ein Penner, auch das noch, er nahm einen Schluck Kaffee. Sein Nachbar zeigte auf die Tüte, die mitten auf dem Tisch stand. „Geschenk?" „Eher Schierlingsbecher", versetzte er mit einem schiefen Lächeln. Herbert zögerte und fragte: „Auf der Durchreise?" „Hm", dabei nahm der Andere einen Schluck Kaffee. Als er ausgetrunken hatte, fragte er väterlich „trinkst du noch einen Kaffee?" Der Andere bejahte. „Ich heiße übrigens Herbert", stellte er sich vor, was sein Gegenüber mit „Eberhard" erwiderte. Eberhard erhob sich und holte ohne zu fragen noch einen Becher für jeden und sie kamen erneut ins Plaudern. Genaugenommen war es Eberhard, der Herbert sein Leben erzählte.

Der hatte die ganze Zeit dagesessen und ihm zugehört. Jetzt sah er auf die Uhr. „Ach du meine Güte, so spät, ich muss nach Hause, die warten auf mich." Er druckste herum. „Wann wirst du fahren?" „Weiß nicht." Es klang rau. Beide waren verlegen, wussten, dass sie nun wieder allein sein würden, jeder seinen Weg gehen müsste. Herbert stand auf, suchend blickte er sich nach einem Kellner um. „Wir möchten zahlen, ja, zusammen." Eberhard saß reglos da, starrte über den See. „Na, dann", und er stand ebenfalls auf.

„Eberhard", Herbert war verlegen, nahm jetzt seine Geschenktüte vom Tisch. „Ich bin nicht sicher, ach, und irgendwie ist mir das peinlich. Aber egal. Ich hab nicht viel von mir erzählt, aber wenn du vielleicht, willst du nicht noch einen Tag bleiben, oder so? Vielleicht ist das aber auch alles Blödsinn." Dabei trat er jetzt näher an Eberhard heran. „Du, ich hab noch ein Zimmer frei bei mir, ich bin allein, seit meine Frau gestorben ist. Du könntest ein paar Tage bei mir bleiben. So eilig wirst du es doch nicht haben, oder?", setzte er jetzt ängstlich nach. Eberhard schluckte, sah wieder über den See, dann zu Herbert. „Nein, so eilig ist es wohl nicht."

Es dauerte lange, bis sich die Katzen an diesem Abend zeigten. Sie waren irritiert. Der Rote kam als erster mit der Situation zurecht. Er setzte sich vor den Neuen und blinzelte ihm zu.

Sabine Gräter
GEPÄCK

Die Dame schob ihr Hütchen zurecht, klemmte eine graue Haarsträhne darunter und verließ den Bahnhof. Sie winkte ein Taxi, nannte eine Adresse und stieg ein. Das abgegriffene Täschchen legte sie neben sich auf die Rückbank. Ihr Ziel erwies sich als einfaches Hotel in einer unscheinbaren Nebenstraße. Sie bezahlte den Fahrer und rundete die Summe auf. Dabei wirkte sie verlegen, mit dem Taxi zu fahren und Trinkgeld zu geben, war offensichtlich nicht Teil ihrer Lebenswelt.

Zaghaft betrat sie die Rezeption, über der ein feiner Duft von Möbelpolitur und Zedernöl lag. Sie blickte sich um und klingelte mit der alten, stumpf gewordenen Messingglocke. Der Rezeptionist kam leicht gebeugt, in der Art, mit der lang gewachsene Menschen oft ihre Körpergröße überspielen. Sein Gesicht war glatt und glänzend und nur die Glatze mit zartem weißem Flaum und einigen Altersflecken deutete auf sein wahres Alter hin.

„Guten Tag. Was kann ich für Sie tun?"

„Guten Morgen. Ich bin Klara Walter. Ich hatte ein Einzelzimmer reserviert."

„Ja", er schaute in seiner Kladde nach.

„Eine Nacht wollen Sie bleiben? Steht hier. Zahlen Sie gleich?" „Ja, eine Nacht. Es gibt da aber ein Problem. Ich kann nicht sofort zahlen. Mein Gepäck ist nicht mitgekommen und ich habe fast alles darin. Der Herr am Flughafen hat mir aber versprochen, es dort zu deponieren, wenn..."

„Das bedeutet, dass Sie nicht sofort bezahlen können?"

„Ja, ich habe mein Geld aufgeteilt und das meiste in meinem Kulturbeutel versteckt, man weiß ja nie ... man hört so viel Schlechtes." Klara Walter wurde rot, senkte den Blick und wischte sich etwas aus dem Augenwinkel.

„Kann ich morgen bezahlen, wenn das Gepäck am Flughafen angekommen ist?"

„Das geht schon, meine Dame."

Die Freundlichkeit des Rezeptionisten hatte etwas Unaufdringliches, Bescheidenes. Er war gemeinsam mit seiner Messingglocke älter geworden, ohne jemals das Interesse an den Menschen zu verlieren, denen er täglich begegnete. Und ähnlich der Messingglocke, die deutlich einer anderen Zeit angehörte, war auch er nicht wirklich in der Gegenwart zu Hause. Anmeldung, Nachfragen, Reservierungen, die gesamte Organisation geschah heutzutage per Computer. Dies verärgerte ihn und er führte weiterhin heimlich seine Kladde. Mit feinsten kleinen Bleistiftbuchstaben trug er alle wichtigen Informationen ein und war sehr zufrieden, wenn sein System das schnellere war. Ihm reichten drei Spalten und eine Handvoll Zeichen und Buchstaben, damit er den ganzen Ablauf der Hotelrezeption reibungslos am Laufen hielt. Zugegeben, es war ein einfaches Hotel, ein Ort für Handlungsreisende und Montagearbeiter. Touristen, die sich hierher verirrten, gehörten eher der Gruppe der Low-Budget-Reisenden an, Studenten, Weltreisende oder Rentner.

„Aber wie wollen Sie sich denn ohne Reisegepäck zurechtfinden?"

„Vielleicht haben Sie ein wenig Seife für mich. Irgendetwas, das jemand vergessen hat?"

„Es gibt immer Reserve für solche Situationen. Aber das Essen? Haben Sie keinen Hunger?" Er dachte an seine ältere Schwester, ähnlich zart wie Klara Walter, aber gebrechlich und in einem Seniorenwohnheim. Ohne eine Reaktion abzuwarten, holte er etwas vom Frühstücksbuffet, deckte ein Tischchen in der Halle und verschwand im Hinterzimmer der Rezeption.

Der Kulturbeutel, den er ihr brachte, war von einem jüngeren Gast vergessen worden, er war gefüllt mit Flaschen und Tiegeln, mit denen Klara Walter gut eine Woche auskommen würde. Außerdem brachte er in einer Plastiktüte zwei Frotteetücher mit dem Monogramm des Hotels und ein frisch gebügeltes Damennachthemd.

„So, mehr kann ich jetzt nicht für Sie tun. Jetzt sehen Sie mal zu, dass Sie die Sache mit dem Gepäck klären."

Verlegen blickte Klara zu Boden. Das Geschehen war ihr peinlich und sie war froh, dass keine weiteren Gäste in der Rezeption waren.

„Ich weiß gar nicht, wie ich Ihnen danken kann." Ihre Hände waren zart und sehnig und übersät mit Altersflecken. Sie drückte die Hand des Portiers. „Ich habe da noch eine Frage. Haben Sie einen Stadtplan oder können Sie mir sagen, wie ich zur Albrechtstrasse komme? Dort wohnt meine alte Freundin Lydia. Wir haben uns 35 Jahre nicht mehr gesehen. Briefe und Fotos haben wir gewechselt. Mal telefoniert. Aber sich zu treffen, hat einfach nie geklappt. Nun bin ich alt und man weiß nie, wie lange das alles noch geht. Und ich möchte nicht sterben, ohne noch einmal mit Lydia gesprochen, ohne Erinnerungen ausgetauscht zu haben. So viele Jahre gemeinsamen Lebens möchte man doch auch irgendwie gemeinsam abschließen. Irgendwie...verstehen Sie?"

Der Rezeptionist war überrascht. Verlegenheit und Zaghaftigkeit, die zuvor ihr Wesen beherrschten, verschwanden und eine unaufdringliche Form von Zielstrebigkeit hatte ihren Platz eingenommen. Er verstand. Er reichte ihr einen Stadtplan und zeichnete den Weg zur Albrechtstrasse ein. Es war nicht weit und auch eine alte Dame würde ihn schaffen. Dann verabschiedete er sich.

„Morgen habe ich wieder Frühdienst. Da wird sich ja dann die Sache mit dem Flughafen klären. Einen schönen Nachmittag mit Ihrer Freundin. Hier ist Ihr Zimmerschlüssel."

Die beiden nickten sich zu, eine vorsichtige Form von Vertrautheit bestand jetzt zwischen ihnen und Klara ging in ihr Zimmer, um sich ein wenig auszuruhen. Ich werde Lydia treffen, dachte sie. Das Schöne am Alterwerden ist, dass man dunkle Gedanken hinter sich und Erfahrungen einfach bestehen lassen darf, ohne dass man Dinge klären muss. Es geht nicht mehr um Recht oder Unrecht. Alles ist in Ordnung so wie es ist. Nichts muss für eine Zukunft geordnet, nichts für ein fernes Ziel geglättet werden. Und während sie sich das Treffen ausmalte, döste sie ein.

Es wurde ein wunderbarer Nachmittag, Stunden, in denen die gemeinsame Geschichte nochmals farbig und lebendig wurde und alles, was irgendwann einmal störend war, als unwesentlich verbannt werden konnte. Alle Fragen und Unsicherheiten über Lebenswege und Entscheidungen, Umwege und falsche Beschlüsse fanden ihren Platz und mit Güte und Gelassenheit betrachteten die beiden Frauen ihren Lebensweg. Trennendes existierte nicht länger, dunkle Erlebnisse hatten sich aufgelöst. Klara und Lydia waren sich darüber einig, dass dieser Nachmittag einfach nur Glück bedeutete und ihre Freundschaft eine unerwartete Vertiefung und gleichzeitige Abrundung erfuhr.

Erfüllt ging Klara Walter ins Hotel zurück. Sie schlief tief und traumlos. Und froh und ausgeglichen erwachte sie am nächsten Morgen. Sie badete ausgiebig mit den fremdartig duftenden Badeessenzen aus dem vergessenen Kulturbeutel. Sie cremte und ölte sich ausführlich ein mit allem, was sie fand, und überlegte kurz, wann sie sich das letzte Mal so für einen Mann zurechtgemacht hatte. Das ist doch eine ganze Weile her, aber das waren schöne und intensive Zeiten. Sie pustete ihre graue Haarsträhne aus der Stirn und fand sich plötzlich ein ganz klein wenig frech.

Ach Klara, da schaust du nur ein wenig zurück und schon wird es lustvoll. Damit ist eben nie Schluss, sie lächelte sehr vorsichtig in den Spiegel. Erwischt, Klara.

Dann nahm sie ihr kleines Reisetäschchen und ging zur Rezeption. Der freundliche Empfangschef vom Vortag war gerade dabei, hingebungsvoll die alte Empfangstheke mit Möbelpolitur aufzufrischen. Er wischte mit unterschiedlichen Tüchern, polierte und versuchte, sich im glänzenden Holz zu spiegeln. Ein kräftiger und frischer Duft von Zedernöl hing über der Halle. Er begrüßte Klara Walter wie eine alte Bekannte.

„Gehen Sie ruhig frühstücken, es ist alles vorbereitet."

Klara genoss Brötchen und Schinken, etwas, was sie sich von ihrer Rente selten leistete. Der Rezeptionist kam mit frischem Kaffee und goss nach.

„War der Besuch bei ihrer Freundin erfolgreich?" „Wissen Sie, in meinem Alter muss man ja immer davon ausgehen, dass man sich nicht mehr treffen wird. Zwei Menschen, die nicht wissen, ob sie sich wiedersehen, haben eine ganz bestimmte Art, sich alles mitzuteilen und sich gleichzeitig zu beschützen. Es war ein wunderbarer Nachmittag!"

Sie reichte dem Rezeptionisten die Hand und lächelte verlegen.

„Ich fahre jetzt zum Flughafen und hole das Geld. Sie sind ein wunderbarer und großzügiger Mensch und ich danke Ihnen für alles, was Sie für mich getan haben. Und vergessen Sie nie: Das Aufregende am Leben ist, dass Menschen voller Überraschungen sind!"

Der Rezeptionist nickte und schaute ihr lächelnd nach. Noch immer lächelnd nahm er einen Radiergummi und entfernte ihren Namen aus seiner Kladde.

An der nächsten Ecke winkte Klara Walter nach einem Taxi und ließ sich zum Bahnhof fahren. Dort holte sie aus der Gepäckaufbewahrung ihren kleinen, altmodischen Koffer und aus dessen Außenfach einen handgeschriebenen Zettel mit einige Namen.

„Lydia habe ich getroffen. Es bleiben aber noch ein paar wichtige Abschiede."

Sie betrachtete das Streckennetz und überlegte sich ihr nächstes Ziel.

PAPAGEIENKÖNIG, GÄNSEBLUME UND TYRANN

Sabine Bellmund
DER PAPAGEIENKÖNIG UND DIE SCHMETTERLINGSFRAU

Schon vor Tausenden von Jahren, schon in der Steinzeit erzählten die Menschen sich Geschichten – abends, wenn sie gemeinsam um das Feuer saßen und eng zusammenrückten, weil sie sich vor der dunklen Nacht und ihren Geschöpfen fürchteten. Meistens erzählte der Älteste und Weiseste von ihnen, der viele Sommer und Winter und viele Jagden erlebt hatte. Er erzählte von den Tieren des Waldes und der Ebene, von den Geheimnissen des Flusses und der Seen. Vielleicht erzählte er auch diese Geschichte von dem Papageienkönig und der Schmetterlingsfrau.

Tief, tief in den Wäldern, dort wo die Sonne nicht bis auf den Boden dringt und die Luft die Farbe von Jade hat, lebte das Volk der Papageien. Ein schwatzhaftes, ein lustiges, ein buntgefiedertes Volk. Mit ihren krummen Schnäbeln naschten sie an den Blüten des Waldes, fingen saftige Larven, liebkosten ihre Gefährtinnen oder teilten feindselige Hiebe aus. Der König des Papageienvolkes war ein stattlicher, rotgrüner Papagei, dessen gelber krummer Schnabel im Dunkeln leuchtete. Er war gefräßiger als alle anderen Papageien und suchte stundenlang nach den dicksten Larven.

Eines Tages entdeckte er ein besonders fettes Exemplar, das in einer Holzspalte unter einem Ast hockte. Gierig hackte er drauf los, aber sein Schnabel war viel zu groß, um in die Spalte zu gelangen.

Nun ja, dachte er sich, irgendwann wird dieses Insekt schon hungrig werden und sein Schlupfloch verlassen. Ich muss nur Geduld haben. So hockte er sich auf einen Ast und behielt die fette Raupe im Auge. Aber diese rührte sich nicht, sie schien tief und fest zu schlafen. Und irgendwann, als es langsam dämmrig wurde, fiel auch er in Schlummer.

Als er am Morgen wieder erwachte, traute er seinen Augen nicht. Die Raupe hatte sich keine Handbreit fortbewegt, sondern begonnen, einen Kokon aus seidenen, silbern glänzenden Fäden um sich herum zu spinnen. Vor Erstaunen vergaß der Papageienkönig seinen Appetit, naschte nur etwas Blumennektar, um dann weiter dieses ungewöhnliche Schauspiel zu beobachten.

Währenddessen begann das Papageienvolk sich Sorgen um seinen König zu machen, der nur stumm und starr auf einer Stelle hockte, nichts aß und alle seine Gefährtinnen mit Schnabelhieben davon jagte, sobald sie sich ihm zu nähern versuchten.

„Der kann kein guter König sein, der sich so sonderbar verhält", wurden die ersten gehässigen Stimmen laut.

Den Papageienkönig ließ das alles unberührt; er war gefangen genommen, umsponnen von seidenen Fäden und spürte den Verlauf der Zeit nicht.

Die Raupe hatte ihren Kokon beendet, der schneeweiß im Sonnenlicht glänzte, und schlief bewegungslos. Die Geduld des Papageienkönigs wurde auf eine harte Probe gestellt. Tage und Nächte vergingen und nichts rührte sich. Manchmal hatte der Papageienkönig Angst, nachts zu schlafen – aus Sorge, das Wunderbare könnte sich währenddessen ereignen.

Aber eines Morgens – die Sonne ging gerade auf und es war noch still im Wald – wurde seine Geduld belohnt.

Es ruckte heftig in dem Kokon; er platzte auf und ein zierliches schwarzes Wesen entstieg ihm, das so etwas wie zwei lange weiße Schleppen hinter sich herzog.

„Wie eine Königin", durchfuhr es den Papageienkönig.

Aber als das Wesen begann, seine Schleppen langsam und vorsichtig zu entfalten und zwei weiße Flügel mit purpurroten Mustern zum Vorschein kamen, wandelte sich das Entzücken des Papageienkönigs in Liebe. „Du", flüsterte er, „du bist meine Braut und musst bei mir bleiben."

Die Schmetterlingsfrau blickte ihn aus ihren großen Augen an und fand Gefallen an seinem bunten Gefieder und dem leuchtenden Schnabel.

„Das Rot haben wir gemeinsam", sagte sie und lächelte kokett.
104

Den ganzen Tag umtanzte sie den Papageienkönig, als ob er eine Blüte wäre, und nachts schlief sie auf seinem Schnabel, so dass er vor Entzücken kaum zu atmen wagte.

So verging eine ganze Zeit, und die beiden waren glücklich, aber das Papageienvolk ärgerte sich über das seltsame Paar, und die Schmetterlingsfrau wurde immer ängstlicher, wenn sie die feindseligen Reden der plumpen Vögel hörte.

„Was ist sie nur für ein hässliches Geschöpf", sagten diese. „So mickrig und dürr. Und diese lächerlichen Flügel."

Eines Nachts konnte die Schmetterlingsfrau vor Kummer nicht schlafen, und dem Papageienkönig tropften ihre großen, hellen Tränen auf den Schnabel.

Da beschlossen die beiden fortzugehen – irgendwohin, wo sie Frieden und Ruhe finden könnten. Noch in der Nacht brachen sie auf. Zuerst machte es ihnen viel Freude, gemeinsam von Baum zu Baum zu flattern. Der Papageienkönig suchte die schönsten Blüten, an denen sie ihren Durst stillten, denn Raupen und Larven verspeiste er schon lange nicht mehr. Abends, vor dem Einschlafen, erzählte er seiner kleinen Frau lustige Geschichten. Doch im Laufe der Zeit bedrückte beide ihre Einsamkeit und Verlassenheit und sie wurden traurig. Außerdem sehnte die Schmetterlingsfrau sich immer mehr nach dem strahlenden Licht der Sonne, das den Waldboden niemals erreichte. Deshalb freute sie sich, als der Wald sich lichtete und es langsam heller wurde. Und ihr Herz blieb vor Glück fast stehen, als sich vor ihr eine grüne Wiese bis zum Horizont erstreckte, auf der Tausende von Blumen blühten und Tausende von Schmetterlingen von Blüte zu Blüte flatterten.

„Komm! Dort sind meine Freunde", rief sie und flog trunken vor Freude davon, ohne sich nach dem Papageienkönig umzusehen. Dieser aber fürchtete sich maßlos vor der weiten, baumlosen Ebene und dem grellen Licht der Sonne und flüchtete voller Entsetzen in den Schatten des Waldes zurück.

Als die Schmetterlingsfrau sich endlich nach ihrem Geliebten umwandte, war es schon zu spät. Er war und blieb verschwunden.

Verzweifelt und einsam irrte der Papageienkönig lange durch den Wald, bis er wieder auf das Papageienvolk stieß. Die Papageien – gutmütig und vergesslich – hatten Mitleid mit ihm und nahmen ihn wieder auf, obwohl sie natürlich längst einen neuen König gewählt hatten.

Aber der Papageienkönig konnte seine Schmetterlingsfrau nicht vergessen, ihr perlendes Lachen, ihre zarte Gestalt und ihre seidigen Flügel, und manchmal sehnte er sich sogar nach dem hellen Sonnenlicht …

So verließ er denn endgültig sein Volk, um sich auf die Suche zu machen.

Und wie ich gehört habe, lebt hier ganz in der Nähe am Waldrand ein wunderschöner grüngoldener Papagei mit traurigen Augen. Tagsüber hält er sich im Schatten der Bäume auf, aber nachts bewacht er den Schlaf des Schmetterlingsvolkes, schützt es vor heimtückischen Feinden – und sucht und sucht unter Tausenden von Flügelpaaren nach den schneeweißen Flügeln seiner Schmetterlingsfrau.

Eva-Maria Böhm
DIE GÄNSEBLUME

Es war einmal ein Gänseblümchen. Das war ziemlich ängstlich und versteckte sich gerne hinter den anderen Gänseblümchen und Grashalmen.

Eines Tages sprach eine ältere Distel zu ihm: „Du kannst dich dein Leben lang verstecken, aber dann wirst du nicht wachsen und gedeihen, sondern klein und verkümmert bleiben. Mir ist es auch einmal so ergangen, aber dann habe ich mich vorgewagt, an diesen Platz hier, wo ich mehr Licht und Luft habe. Und schau, wie groß ich geworden bin!"

Das Gänseblümchen war beeindruckt und dachte drei Tage lang über die Worte der Diestel nach. Bis es sich dazu entschloss, dass es auch größer werden wollte. So suchte es sich also einen Platz etwas weiter ab von den anderen Gänseblümchen, an dem es mehr Sonnenlicht abbekam.

Daraufhin kritisierten es manche von den anderen Blumen auf der Wiese und meinten, dass es jetzt wohl glaube, etwas Besseres zu sein.

Aber viele andere gratulierten dem Gänseblümchen auch zu seinem Mut. Und die Diestel lobte es: „Das hast du gut gemacht! Es ist wichtig, seinen eigenen Weg auf der Wiese zu finden!"

Da freute sich das Gänseblümchen, stellte zugleich jedoch fest, dass ihm dieser Name nun nicht mehr zu Gesicht stand. Fortan nannte es sich Gänseblume. Und dies war erst der Beginn von manch spannendem Abenteuer, das die Gänseblume auf der Wiese noch erleben sollte.

Norbert Niemann
DER TYRANN UND DER PHILOSOPH

„Frag' er ihn, was er will!" herrschte der Tyrann seinen Zeremonienmeister an. Es war selbstverständlich unter seiner Würde, direkt zu einem Bittsteller zu sprechen. Er saß, in sein rotes Prunkgewand gekleidet, lässig auf seinem Thron, während seine angespannten Hände die Armlehnen fest umklammerten, wie zum Sprung bereit. Zu seiner Rechten waren die Inhaber der höchsten Hofämter aufgereiht. Zu seiner Linken stand ein riesenhafter Leibwächter, dessen mit Gold und Silber verzierte Rüstung im Schein von tausend Kerzen schimmerte.

„Sag' er, was er will!", gab der Zeremonienmeister die Frage an ein hageres, kleines, altes Männlein mit langem, grauen Bart weiter, das sich vor den Stufen, die zum Thron hinaufführten, niedergeworfen hatte, um, wie die Sitte es verlangte, mit der Stirn den Boden zu berühren, flankiert von den beiden Wächtern, die ihn bis vor den Thron geleitet hatten.

„Ich bin ein Philosoph aus einem fernen Land, in das die Kunde von Eurem Ruhm gedrungen ist, und der nun, trotz seiner Nichtswürdigkeit, sich erdreistet, Euch seine Dienste untertänigst anzubieten."

„Weiß er denn nicht", fragte der Tyrann kalt, „dass ich alle Philosophen verbrennen lasse, nachdem sie dazu gezwungen wurden, ihre Schriften eigenhändig, Blatt für Blatt, den Flammen zu übergeben? Ist diese Kunde denn nicht auch zu ihm gedrungen?" „Aber gewiss, und genau deshalb bin ich hier, genau deshalb biete ich Euch meine Dienste an, und genau deshalb glaube ich, dass diese Dienste – als Euer ergebenster und gehorsamster Ratgeber – hilfreich und nützlich sein könnten." „Für wen", ließ der Tyrann zurückfragen.

„Selbstverständlich für Euch, erhabener Gebieter", antwortete der Philosoph, „zur beständigen Mehrung Eures Ruhms und Andenkens."

Mit einem müden Wink entließ der Tyrann seinen Zeremonienmeister aus seinen Pflichten. Mit gesenktem Blick trat dieser, ohne sich umzuwenden, in die Reihe der Höflinge zurück. Der Tyrann sprach nun direkt zu dem Philosophen.

„Dann will ich dich auf die Probe stellen. Erteilst du mir hier und jetzt einen Rat, der mein Gefallen findet, so will ich ausnahmsweise Gnade walten lassen. Dann darfst du in deine Heimat zurückkehren. Und wenn ich dein Land dann auch noch erobere, hättest du immer noch die Möglichkeit, vor meinen Häschern in die Wildnis zu fliehen. Sollte ich jedoch mit dem Rat unzufrieden sein, so gehst du noch vor dem Sonnenuntergang in Rauch auf. – Wie also lautet dein Rat?"

Nach nur kurzem Bedenken begann der Philosoph mit einer Erklärung.

„Ihr seid der Mächtigste aller Herrscher und habt mit Schwert und Feuer unwiderstehliche Furcht in die Herzen Eurer Untertanen gesenkt, wie auch in die Herzen aller umwohnenden Völker. Aber der Strick, der Schmiedehammer, der Meißel und die Feder werden sich als mächtiger erweisen als das Schwert und das Feuer. Der Strick, der sich um den Hals Eures Standbilds schlingt, um es mit einem heftigen Ruck vom Sockel zu reißen. Der Schmiedehammer, der dann auf das Standbild, wenn es erst einmal am Boden liegt, einschlägt, um es in tausend Stücke zu hauen. Und der Meißel, der Euren Namen für immer aus den Inschriften Eurer Bauten und Denktafeln tilgt. Die mächtigste Waffe Eurer Nachwelt wird aber die Feder sein. Bedenkt, dass auch die Geschichtsbücher von Philosophen verfasst werden. Und selbst, wenn Ihr alle Philosophen zu Euren Lebzeiten ausrottet, so werden sie doch in allen Teilen des Reiches nachwachsen und zur Feder greifen, um Euer Andenken zu verdammen. Lasst Ihr aber Straßen und Brücken bauen, Kanäle und Dämme, Grenzfestungen und Schutzwälle, dann werden Euch die Menschen preisen. Setzt unbestechliche Richter ein, und sie werden Euch lieben. Unterwerft Euch Euren eigenen Gesetzen, und sie werden Euch ewig in bester Erinnerung behalten. Und keine Sorge: Bestimmte Dinge vergessen die Menschen schnell, ja mehr noch, sie werden alle früheren Grausamkeiten und strengen Befehle als die notwendige Voraussetzung für die Größe Eurer späteren Wohltaten zu rechtfertigen versuchen.

Die Dichter werden – aus freien Stücken – Loblieder zu Euren Ehren singen, und Großväter werden ihren Enkeln Geschichten erzählen von einer lichten Zeit mit einer gerechten Ordnung und einem gefestigten Frieden."

Kaum hatte der Philosoph seine Ausführungen beendet, erhob sich der Tyrann ruckartig und trat mit finsterem Blick an die oberste Stufe vor seinem Thron heran.

„Was fällt dir ein?! Du buhlst um meine Eitelkeit und glaubst, ich durchschaue dich nicht?! Allein schon dafür hast du es verdient, tausend Tode zu sterben.

Was du nicht weißt, und nicht wissen kannst – und was somit ein Zeichen für die Beschränktheit deiner Weisheit ist, die deiner Überheblichkeit ganz entspricht –, ist, dass mir schon vor einem Jahr ein Philosoph seine Dienste angeboten hat. Ganz besondere, ganz außergewöhnliche Dienste. Und den habe ich tatsächlich in meine Dienste genommen.

Er hat mir ein Elixier gebraut. Ein Elixier, das mir – und nur mir – Unsterblichkeit verleiht. Das Geheimnis seines Elixiers ist mit ihm verbrannt worden, so dass niemand mir je gleichkommen wird.

Um eine Nachwelt, von der du redest, brauche ich mir keine Gedanken mehr zu machen. Meine unerbittliche Herrschaft wird ewig währen, über alle Geschlechter, die da kommen werden, bis ans Ende der Zeiten. Und die Großväter werden es ihren Enkeln einschärfen, das nie zu vergessen, und diese werden es wiederum ihren Enkeln einschärfen und immer so fort."

Der Tyrann nahm seinen Blick von dem Philosophen und wandte sich an die beiden Wächter.

„Verbrennt ihn!"

Die Wächter packten den Philosophen bei den Oberarmen und begannen, ihn aus dem Saal zu schleifen.

„Nein, halt! Das wäre zu einfach. Häutet ihn! Dann pfählt ihn! Und erst wenn er auf dem Pfahl verendet ist, verbrennt ihr ihn und streut seine Asche in den Fluss. – Hofschreiber! Schreib getreulich auf, was heute hier gesprochen wurde, fertige hundert Abschriften an und sende sie in alle Teile meines Reiches – allen meinen Untertanen zur Mahnung und Warnung!"

Kaum hatte der Tyrann diese Worte ausgesprochen, löste sich der Leibwächter von seinem Posten neben dem Thron und trat hinter den Tyrannen. Dieser hörte noch die Schritte hinter seinem Rücken, hörte noch, wie ein Schwert aus seiner Scheide gezogen wurde, und wirbelte herum, doch es war zu spät. Schon im nächsten Moment rammte ihm sein Leibwächter das Schwert in die Brust und das Gesicht des Tyrannen verzerrte sich mehr vor Schrecken als vor Schmerz. Er sackte auf seine Knie und fiel dann rücklings auf die Stufen vor seinem Thron, wo das aus der Wunde sickernde Blut begann, sein Gewand schwarz zu färben.

Die gesamte Hofgesellschaft war erstarrt. Niemand rührte sich. Niemand wagte es, einen Laut von sich zu geben. In diese Stille sprach der Leibwächter nur ein Wort, gar nicht laut, doch für alle hörbar.

„Unsterblich?!" fragte er den Leichnam zu seinen Füßen mit unverhohlenem Spott.

Dann strich er, ohne Hast, am Gewand seines Opfers dessen Blut von seinem Schwert, steckte es zurück in die Scheide, wandte sich um, schritt zum Thron und setzte sich mit einer Selbstverständlichkeit darauf, die nun eine erste Regung , ein dumpfes Raunen und Gemurmel in allen Winkeln des Saales, auslöste. Dann beugte er sich vor.

„Philosoph!"

„Ja", begann der Philosoph zu antworten und zögerte dann ein wenig, weil er nicht wusste, wie er sein neues Gegenüber anzusprechen hätte, und setzte dann noch schnell ein „mein Gebieter" hinterher.

„Bietest du noch immer deine Dienste als Ratgeber an? Und ist dein Rat immer noch derselbe wie vorgetragen?"

Nach einem weiteren kurzen Zögern sprudelte eine weitschweifige Antwort aus dem Philosophen nur so heraus. Nein, solche Dienste könne er jetzt nicht mehr anbieten. Die Aufgabe, vor der er sich sah, habe sich erledigt. Auch an seinem Rat habe er nunmehr Zweifel. Er habe vielmehr erkannt, dass er seine Weisheit vermessenerweise überschätzt habe, und wolle sich nun wieder auf seine eigentlichen Aufgabe als der eines Philosophen besinnen – die Betrachtung von Welt und Mensch –, um vielleicht eines Tages überhaupt erst jene Weisheit zu erlangen, der er sich ungerechtfertigterweise bereits teilhaftig gewähnt hatte.

Mit einem bloßen Wink entließ ihn daraufhin der neue Throninhaber, und der Philosoph konnte unbehelligt den Saal, den Palast und die Stadt verlassen.

Kaum hatte sich die Nachricht vom Tod des Tyrannen verbreitet, begann in allen Teilen des Reiches der Aufruhr. Die Fürsten, die sich dem Tyrannen unterworfen hatten, und die Statthalter, die der Tyrann an die Stelle der unbotmäßigen Fürsten gesetzt hatte, formierten ihre Truppen und führten sie gegeneinander. Der Bürgerkrieg hatte begonnen.

Der alte Philosoph aber sammelte eine Schar von Schülern um sich. Aus dem Gedächtnis diktierte er ihnen die Lebensgeschichten und Werke der verbrannten Philosophen. Dann ließ er sie zahlreiche Abschriften anfertigen, teilte sie in Gruppen auf und entsandte sie in alle Richtungen. Während das Kriegsgetümmel der mit den Jahreszeiten wechselnden Bündnisse um sie herum tobte, zogen sie, oft gegen den Strom der Flüchtlinge und Vertriebenen, von Palast zu Palast.

Hier und dort traten sie in den Dienst der Fürsten als deren Ratgeber und Erzieher ihrer Kinder, anderswo endeten sie im Kerker, auf der Folterbank oder dem Scheiterhaufen.

Sie errichteten Bibliotheken dort, wo es ihnen erlaubt wurde, und füllten sie mit ihren Schriften und Abschriften und setzten dann noch eine Schule daneben, und dort, wo Bibliotheken niedergebrannt wurden, vergruben sie ihr Schriftgut, sorgfältig versiegelt, an geheimen Plätzen tief in den Wäldern.

Und als der alte Philosoph auf halbem Weg zwischen zwei Fürstentümern vor Erschöpfung zusammenbrach und verstarb, begruben ihn seine Schüler am Straßenrand und setzten sein Werk unbeirrt fort.

Die Philosophen hatten viel zu tun in jenen Zeiten.

MIT AUGENZWINKERN

Hartmut Fanger
Der Wein vom Mittwoch

Mittwoch. Den ganzen Tag hatte er zu Hause am Schreibtisch gearbeitet und am Ende den Plan von einem Urlaub an der türkischen Ägäis wieder verworfen. Bücher und Kartenmaterial räumte er beiseite.

Lieber wollte er jetzt einen harmonischen Abend mit seiner Frau verbringen. Am besten, er überraschte sie mit einem Essen. Er wollte argentinisches Rindfleisch zerlegen und tiefgefrorene grüne Bohnen auftauen. Kochen. Was fehlte, war eine Flasche Wein. Zum Nachtisch eine Honigmelone aus dem Supermarkt. Er machte sich auf den Weg. Einkaufen. In Oberursel. Nach dem Essen sollte es in den Maasgrund gehen. Sommerabend.

Wieder zurück. Die Tür war bereits geöffnet. „Ich habe keinen Hunger", hörte er seine Frau. Er stellte die mit grellen Farben bedruckte Plastiktüte auf den Tisch. Rot und Gelb auf Weiß. „Der Brennitzer hält einen Vortrag. An der Uni. Ich will gleich nach Frankfurt, muss mich beeilen, *Philosophie der Gefühle*". Sie nahm ihm die Flasche aus der Hand. „Ich dachte ..." Sie verdrehte die Augen. „Gut. Dann bleibt die Flasche eben hier." Er zuckte mit den Schultern. „Nimm sie nur mit!" Sie lächelte. Er ging zurück an seinen Schreibtisch.

Jürgen Schöneich
AUSTERN

Gestern habe ich die Prüfung bestanden. Mit einer Note von 1,2. Ich bin jetzt ausgebildeter und geprüfter Gabelstaplerfahrer. Eine Umschulung vom Arbeitsamt.

Die Prüfung selbst hat einen praktischen Teil, da muss man einige Paletten in ein Regal bugsieren. Anschließend die Theorie: „Wann ist es zulässig, unter einer angehobenen Last zu arbeiten?" „Was ist der Lastschwerpunkt, und wo sollte er sich befinden?" „Welche Kräfte wirken beim Bremsen, beim Beschleunigen und bei Kurvenfahrten auf die Last?"

Zum Abschluss gibt es ein Prüfungsgespräch. Da testen sie die charakterliche Eignung des Staplerfahrers. Meine Prüfer waren sehr kompetent und auch menschlich sehr angenehm. Ich habe sie gleich auf meine Eigenart angesprochen, und sie hatten da vollstes Verständnis. Ich hatte mir schon Sorgen gemacht, dass ich für den verantwortungsvollen Beruf des Staplerfahrers nicht geeignet sei, wegen meiner Eigenart. Aber die Prüfer hatten überhaupt keinerlei Bedenken.

Jetzt bin ich sehr erleichtert. Es ist nämlich wie folgt: Ich habe eine Eigenart, und dazu stehe ich auch. Früher habe ich mich oft schlecht gefühlt deshalb. Irgendwie minderwertig habe ich mich gefühlt, weil ich nicht so war wie die anderen. Aber dann habe ich den Kurs „Steh zu dir" gemacht, und da lernt man, dass jeder Mensch seine Eigenarten hat. Solange man keine Hunde grillt, hat der Kursleiter gesagt, ist das auch okay mit den Eigenarten. Der Kursleiter selbst sammelt Briefmarken. Das ist Teil seiner Persönlichkeit, sagt er, und wer damit nicht umgehen kann, mit dem will er nichts zu tun haben.

Seit dem Kurs fühle ich mich viel besser. Bei mir ist das nämlich so: Ich esse keine Austern. Habe ich noch nie, auch als Kind nicht. Ich weiß, das klingt jetzt eigensinnig und verrückt, dass einer keine Austern isst. Da gibt es immer noch viel zu wenig Verständnis in unserer Gesellschaft. Aber ich lasse mir nicht mehr einreden, dass ich deshalb ein Mensch zweiter Klasse bin. Wir sind zwar nur eine Minderheit, aber wir werden immer mehr, die keine Austern essen. Man kann uns nicht mehr übersehen, und wir lassen uns nicht mehr mobben und verhöhnen.

Ich zum Beispiel, ich bin ja nicht nur geprüfter Gabelstaplerfahrer, sondern auch Doktor der Philosophie, aber da bin ich übel gemobbt worden. Ich war ja immer ganz besonders an einer akademischen Karriere interessiert, weil das meine Mutter so gerne wollte, einen Philosoph als Sohn. Als ich den ersten Ruf hatte wegen einer Juniorprofessur in Hildesheim, da habe ich mir nichts gedacht und bin hingefahren.

Als ich vor die Berufungskommission getreten bin, habe ich gleich als erstes gesagt, dass ich keine Austern esse. Also genau gesagt habe ich erst einmal: „Guten Tag." Es war ungefähr so: „Guten Tag, mein Name ist Schulz, danke für die Einladung, aber eines sage ich Ihnen gleich, ich esse keine Austern." Da hat die Berufungskommission aber geguckt. 120 Sekunden Schweigen, mindestens. Und dann hat die Vorsitzende gesagt, so ganz langsam und deutlich wie eine Lehrerin mit Behinderten redet, hat sie gesagt, dass meine Essgewohnheiten hier nicht zur Debatte stehen. Echt Mobbing. Später habe ich dann auch eine Absage bekommen.

So habe ich jetzt vom Arbeitsamt die Ausbildung zum Gabelstaplerfahrer gemacht. Weil ich mich nicht mobben lasse, weil ich zu dem stehe, was ich bin, ein Mann, der das Recht hat, so zu sein, wie er ist. Ich meine, der eine isst Austern, der andere nicht. Deshalb kann man einen Menschen doch nicht verurteilen. Mindestens solange er nicht auch noch Hunde grillt. Zum Glück liegt das alles jetzt hinter mir. Ich glaube, ich bin doch eher der Typ für das Manuelle. Ich mag es gern, wenn ich sehe, was ich geschafft habe. Wenn ich einen ganzen LKW voller Knäckebrot ins Regal sortiert habe, also die ganzen Europaletten ratz fatz weg sind, dann geht's mir gut. Dann bin ich erleichtert, fühle mich wertgeschätzt und denke einen Moment nicht daran, dass ich Austern nicht esse.

Susanne Bertels
Ein Festessen

Gestern bestellte ich mir doch wahrhaftig ein Glas Champagner und dazu drei Austern. Fast alle in meinem Freundeskreis würden das als gelungenen Auftakt für einen stilvollen Abend betrachten.

Ich nicht.

Aber es ging nicht anders.

Luis wollte mit mir seinen Geschäftsabschluss feiern und lud mich in sein Lieblingslokal ein: Sansibar!

Auch das noch. Es gibt schlimmere Orte, aber auch reizvollere. Es passte jedoch zu Luis – mit dazuzugehören zu den Schönen und Reichen, an den angesagten Orten auf der Insel, das bedeutete ihm alles.

„Du musst unbedingt die Austern hier probieren, die sind eine Wucht!"

Nun denn, Schicksal nimm deinen Lauf. Bisher hatte ich mich immer erfolgreich darum drücken können, mich ekelte schon die Vorstellung. Ich bestellte einen leckeren Salat vorweg und hielt mich über die Maßen lange mit seinen Einzelteilen auf. Luis wurde schon ungeduldig. „Du kannst den Rest auch stehen lassen, wenn du willst"

Ich wollte nicht.

Genüsslich und in Ruhe kaute ich jedes Blatt bestimmt zwanzig Mal.

Es half nichts – irgendwann war das letzte Blatt weg.

„Oh wie schön, jetzt kommen die Austern", freute sich Luis.

Und da kamen sie auch schon. Für ihn ein ganzer Berg auf einem Riesenteller – für mich die Probierversion. Drei Stück.

Ich machte mich an die erste. Igitt, genauso hatte ich es mir vorgestellt – glipschig und wabbelig – schnell ein Stück Brot hinterher. Das war geschafft.

„Na", strahlte Luis, „wie schmecken sie dir?" „Och, geht so." Die Zweite rutschte mir zufällig auf den Boden. Scharfsinnig hatte Luis das mitbekommen und legte sofort eine von seinen zu mir rüber. So'n Pech.

„Schlürf sie lieber. Dann kann nichts passieren."

Ich konnte gerade noch verhindern, dass er mich fütterte. Mit ganz viel Zitrone und einem großen Stück Brot vorher und nachher hab ich es geschafft. Gott sei Dank.

„Möchtest du noch welche von mir?" Luis' Angebot lehnte ich ab, ich ‚wäre noch so satt vom Mittagessen'. Dies löste eine kleine Diskussion aus, ob Austern überhaupt zum Sattessen wären.

Dann war es endlich vorbei und auch die letzte Auster war von seinem Teller verschwunden.

Mit dem Nachtisch setzte auch für mich die Entspannung ein und der angenehme Teil des Abends konnte beginnen …

Elvi Stammeier
DIE ÜBERRASCHUNG

Er war durchaus etwas Besonderes, und er fühlte sich auch so. Vor allem, wenn er morgens über den Campus ging zu einem Seminar oder einer Vorlesung. Die Studenten grüßten ihn freundlich, und es war unschwer zu erkennen, dass einige der künftigen Juristinnen etwas mehr in ihm sahen als lediglich den Fach-Dozenten.

Lars-Uwe war sich dessen bewusst. Er war ein hochgewachsener, schlanker und gutaussehender Mann, der durch sein ruhiges und besonnenes Verhalten insgesamt sogar ein bisschen aristokratisch wirkte. Es passte zu ihm, dass er neben seiner Tätigkeit an der Uni engagiert seinen Stadtteil unterstützte, gerne bei offiziellen Ereignissen zugegen war, und wenn danach Artikel und Fotos in der Lokalzeitung erschienen, zeigten sie stets einen glücklich lächelnden Lars-Uwe. Auch sein Privatleben war makellos. Seine beiden Kinder wohlerzogen, immer freundlich und von adrettem Äußeren. Die Gattin, schick und gepflegt, verhielt sich dem Stand ihres Mannes gemäß, stets höflich und mit eleganter Zurückhaltung.

Das wohlgeordnete Leben von Lars-Uwe wurde durch den Tod der Mutter nur mäßig erschüttert, als aber der Vater kurze Zeit später ebenfalls verstarb, kam es zu einem gewaltigen Beben.

Der Nachlass der Eltern war unerwartet groß. Die Verwaltung ihrer Mietshäuser in exquisiten Wohnlagen musste organisiert, der Haushalt aufgelöst und viele, viele Papiere gesichtet werden. Der Arbeitsaufwand war immens, kostete Kraft und vor allem Zeit.

Als Lars-Uwe glaubte, dass alles Wesentliche erledigt sei, er nur noch einige unwichtige und alte Dokumente durchsehen müsse, lag eines Tages ein Umschlag von einem Anwalt aus Nigeria auf seinem Schreibtisch. Sein erster Impuls war, den Brief ungeöffnet in den Papierkorb wandern zu lassen, aber wie unter einem unerklärlichen Zwang öffnete er ihn doch. Es war ein halboffizielles Schreiben in englischer Sprache. Der Name seines Vaters tauchte mehrfach auf,

Jahreszahlen, Hinweise auf die Erbschaft, Geldforderungen und immer wieder der Name Alfred Lunaka.

Ein schlechter Scherz? Sein Großvater hatte Alfred geheißen. Gab es dort einen Zusammenhang?

Lars-Uwe wusste, dass sein Vater früher viele Geschäfte mit Nigeria getätigt, dass er sich dort häufig und längere Zeit aufgehalten hatte, dass ein Großteil des väterlichen Reichtums aus dieser Zeit stammte. Aber Genaueres wusste Lars-Uwe nicht. Es war zu lange her, er war ein Kind gewesen zu der fraglichen Zeit.

Er nahm sich vor, in den nächsten Tagen, die alten Papiere und die alten Ordner, die noch vorhanden waren, zu sichten und zu durchforsten. Er wollte Klarheit gewinnen, um überhaupt auf das Schreiben des nigerianischen Anwalts antworten zu können. Doch die tägliche Arbeit, die Lars-Uwe zu verrichten hatte, hielt ihn tage-, ja sogar wochenlang davon ab, sich um den leidigen Brief zu kümmern. Dann aber, als er sich nach dem Abendessen endlich über die alten Unterlagen hermachen wollte, klingelte es an der Haustür.

Wenig erfreut über die Störung öffnete er. Vor ihm stand ein hochgewachsener, schlanker und gutaussehender Mann von dunkelbrauner Hautfarbe. Dieser lächelte ihn freundlich an und stellte sich mit den Worten vor:

„I am Alfred, your brother!"

ZU GUTER LETZT

Erna R. Fanger
ALLE FLÜSSE ZIEHT ES INS MEER

Es gibt Menschen, die lieben die Berge und es gibt Menschen, die fühlen sich vom Meer angezogen. Ich zählte mich, würde ich danach gefragt, zu Letzteren. Alle Flüsse zieht es nirgendwohin als ins Meer. Kleine, die in Große münden, Große, die nach endlosen Strecken sich schließlich ins Meer ergießen.

Das Meer. So unermesslich wie tief. Von allumfassender Weite, lädt es dich ein, sich ihm zu ergeben, oder weist dich zurück, um dich einem grausamen Schicksal zu überlassen. Mal droht es, dich zu verschlingen. Mal schmeichelt es dir, raunt dir Geheimnisse zu und weckt Gelüste in dir nach Abenteuer und Abwegen.

Verlockend ist es, das Meer. In deinen Träumen wartet es mit Geschichten auf, die an kein Ende kommen. Geschichten, denen du gebannt zuhörst. So lange, bis du ein Teil von ihnen bist. Erst dann weißt du, du bist nicht verloren. Du hast deinen Part und deine Mission. Einen festen Platz in den bewegten Gezeiten des Meeres. Denn die Geschichten, die das Meer preisgibt, wandern vor und zurück in der Zeit. Keiner Chronologie folgend, verweigern sie sich der Ordnung der Menschen. Stattdessen verfolgen sie kaum sichtbare Spuren. Leuchtspuren, die uns auf die stillen Pfade verborgener Lieben locken, die, seit Jahrhunderten vergessen, nur darauf warten, wiedererweckt zu werden, um unsere Tränen in kleine Sterne zu verwandeln, die sie rund um die Welt auf die Reise schicken.

Auf dass die unter der Last ihrer Bürde ächzend und stöhnenden Menschen, mit Funken der Hoffnung bedacht, wieder Atem schöpfen und ihre Arme ausbreiten würden. Freiheit verspürend, nach der sie dürsteten. Weite, die ihnen zustünde, Freude, die ihnen gebührte.

Eine Freude, wie sie nur das unbändige Meer verströmen konnte. In seinem Tanz der Gezeiten, seiner Wildheit und seiner Leuchtkraft. In seiner Zärtlichkeit und seiner mächtigen Stärke.

Ja, die Geschichten, die das Meer an uns heranträgt, und in denen wir mit Glück unseren angestammten Platz finden, der immer schon darauf gewartet hat, dass wir ihn einnehmen. Mit Glück, sage ich. Und: Gut zu wissen, dass Glück keine Schicksalsfrage ist, sondern eine Frage der Interpretation. Und so, wie es alle Flüsse ins Meer zieht, ist es uns Menschen eigen, unser Glück zu finden, weshalb wir nicht aufhören können, danach zu streben.

AUTORINNEN & AUTOREN

Sabine Bellmund, geb. 1963 in Hannover. Nach dem Abitur 1980 als Au-pair in Spanien. Reise durch Griechenland und die Türkei. Studium in Göttingen: Germanistik, Geschichte und Ethnologie. Aufenthalt in Sri Lanka, Thailand, Indonesien und Nepal. Beendigung des Studiums in Hamburg; seit ´88 als Dozentin für deutsche Sprache und Literatur an der Uni tätig; lange in Hamburg (Promotion), ab 2008 in La Laguna/ Teneriffa.

Susanne Bertels ist 1958 in Hamburg geboren. Sie arbeitet hauptberuflich als Pastoralpsychologin; zu einer Hälfte in einer kirchlichen Beratungsstelle und zur anderen als Ausbilderin für Seelsorge. In ihrer Freizeit schreibt sie seit ein paar Jahren und holt sich mit viel Freude gern Anregungen in Gruppen für kreatives Schreiben, wie in der offenen Schreibgruppe von Erna und Hartmut Fanger.

Eva-Maria Böhm, geboren in Hamburg, hat zwölf Jahre in Wien gelebt, studierte dort Pädagogik, Psychologie und Philosophie und interessierte sich schon seit frühester Jugend für Menschen und ihre Geschichten.

Erna R. Fanger hat schreibfertig.com – Die Kleine*f*eine Schreibschule für Jung & Alt ins Leben gerufen und ist Herausgeberin des vorliegenden Bandes. Schreibt wie sie träumt und findet es zunehmend faszinierend, der Sprache Melodie, Rhythmus und Klang abzulauschen. An magischen Sonntagen des Jahres in den feinen Cafés der Stadt anzutreffen, von denen es leider immer weniger gibt.

Hartmut Fanger, Betreiber und Leiter von „schreibfertig.com – Die Kleine*f*eine Schreibschule für Jung & Alt", Verfasser von „schmalsehen" und Herausgeber des Bandes „Geschichten aus dem Frühstücksraum", liebt die mediterrane Küche, mit dem Fahrrad unterwegs zu sein und Gedichte zu schreiben.

Martina Maria Frank, Geboren 1955 in Lauchheim auf der schwäbischen Alb. Lehramtsstudium und Schuldienst. 1980 Umzug nach Hamburg. Tischlerlehre und anschließendes Kunststudium an der Fachhochschule für Gestaltung, Armgardstraße, und der HfbK. Seit 1995 freischaffende Malerin.

VERA GERLING, Bildende Künstlerin, geb. in Kiel, „...findet in ihren Bildern einen Ausdruck für das Unsagbare, das ,Dahinter' oder auch Poetische, um die Eindeutigkeit im Leben zu relativieren ...". Diese Worte der Historikerin Hilke Langhammer (2012) treffen auch auf die Art zu schreiben Gerlings zu. Das Medium, auf das sie sich nach zahlreichen Ausstellungen und Auftragsarbeiten in den letzten Jahren zusehends verlegt hat.

SABINE GRÄTER, geboren 1952, Tübingen. Neugierig und immer auf der Suche nach Veränderung. Und nach Geschichten, vor allem über Entwicklungen in persönlichen Lebensphasen und Grenzgängen zwischen den Kulturen. Der Neugierde folgend lebte sie in Berlin und Stockholm. Zurück in Deutschland, in Lübeck, freut sie sich nun vor allem über den wieder entdeckten spielerischen Umgang mit Sprache.

CHRISTA HILSCHER Geboren: 1951 in Niedersachsen. Gearbeitet: bis 2008 als Hamburger „Rechnungswesen". Lebe: in Hamburg. Genieße: mein Leben schreibend und lesend.

FRANZ MOLNAR, 1961 in Österreich geboren, Koch, Naturkostfachkraft und Bioexperte, Überlebenskünstler und Freigeist.

NORBERT NIEMANN, seit Gründung der offenen Schreibgruppe Anfang Oktober 2014 treuer Teilnehmer, lebt, liest und schreibt in Hamburg.

AVA NITSCHE, geboren in Hamburg, Jahrgang 1967, studierte Jura und verschlingt Bücher, seit sie des Lesens mächtig ist. Schon als Kind dachte sie sich kleine Geschichten aus und absolvierte später einen Lehrgang in Belletristik. Zurzeit lässt sie sich in einer Schreibgruppe zu weiteren kreativen Texten inspirieren.

BARBARA ROSSI hat Literarisches Schreiben studiert. Mai 2018: Veröffentlichung eines Gedichts in der Literaturzeitschrift „Der Maulkorb" http://dermaulkorb. blogspot.com/Januar 2018: „Wenn die Nacht kommt in Manhattan" Lyrik im Trialog mit Renate Haußmann und Christiane Maria Luti. https://tredition.de /autoren/renate-haussmann-hg-22853/ wenn-die-nacht-kommt-in-manhattan-paperback-99737/
Websites: www.barbararossi.de www.facebook.com/barbararossi.de/

BARBARA SCHIRMACHER wuchs in Heiligenhafen an der Ostsee auf. Sie studierte in Hamburg und Tübingen Pädagogik und Theologie und war etwa 20 Jahre lang Lehrerin. Dann ließ sie sich zur Psychotherapeutin ausbilden und arbeitete in eigener Praxis. Sie zog drei Kinder auf, lebt mit ihrem Mann in Hamburg und hat Freude an ihren fünf Enkelkindern. Nach dem frühen Tod ihres ältesten Sohnes rückte sie das Schreiben in den Mittelpunkt ihres Lebens.

JÜRGEN SCHÖNEICH schreibt für Geld, was seine Kunden lesen wollen. Seit über zehn Jahren verfasst er auch Texte für sich selbst, die er gerne vorliest. Meist sind es kurze Prosastücke mit Überraschungen und kleinen Provokationen. Manches davon findet sich unter www.berlinermax.de. Jürgen Schöneich lässt sich gern zu Lesungen einladen, Kontakt unter berlinermax@gmx.de

ELVI STAMMEIER, geb. 1938, drei Töchter, vier Enkelkinder, lebt in Norderstedt. Sie studierte Erziehungswissenschaften und Deutsch und arbeitete an Hamburger Schulen. Seit ihrer Pensionierung verfasst sie Erzählungen, Reiseberichte und Kindergeschichten. Veröffentlicht hat sie in Anthologien, das Kinderbuch „Dennis kämpft sich durch" sowie verschiedene Geschichten in „Kaleidoskop".

PETRA THELEN, lebend und wirkend in Hamburg, unterrichtet seit 25 Jahren Saxophon und tritt regelmäßig bei Veranstaltungen auf. „Ich weiß eine Geschichte. Darf ich sie erzählen?", ist eine Frage, die sie gerne in die Runde stellt. Diese aufzuschreiben, ist ihre neue Leidenschaft.

DANKE!

Wir danken allen Autoren und Autorinnen für die Mitarbeit an der Anthologie und ihre Beiträge, Eva Sonntag, der Inhaberin der Pension Sonntag, die uns nicht nur den Frühstücksraum zur Verfügung stellt, sondern uns auch von Beginn an ermutigt hat, das Projekt zu realisieren. Las but not least danken wir dem tredition-Verlag, der uns auf die Idee gebracht und uns stets freundlich und kompetent zur Seite gestanden hat.

Hamburg, im Oktober 2018
Erna R. Fanger & Hartmut Fanger

schreibfertig.com

Die Klein*e*feine Schreibschule für Jung & Alt

DR. ERNA R. FANGER UND HARTMUT FANGER MA

Über 5 Jahre!

Fernschule

Lernen bequem von zu Hause aus. Anregungen und Übungen bieten unsere Impulshefte.

Lektorat

Von der Idee zum Buch. Wir begleiten Sie dabei, unterstützen Sie in Stilistik und Ausdruck.

Romanwerkstatt

Herangehensweise, Genre und Plotstrukturen, Spannungsbogen, Figurenzeichnung – Publikation.

Offene Schreibgruppe

Jeden Mittwoch findet in der Pension Sonntag, Hamburg, von 19 bis 21 Uhr unsere Offene Schreibgruppe statt.

Poet's Gallery

Unsere Plattform für Autoren und ihre Texte.

Mehr Informationen auf **www.schreibfertig.com**
☎ 040 – 25 32 92 88   info@schreibfertig.com

Entdecken Sie Hamburg!
Pension Sonntag lädt Sie ein ...

Sehr geehrter Gast,

herzlich Willkommen in unserer wunderschönen, frisch renovierten Gründerzeitvilla – mitten in Hamburg. Die Pension Sonntag lädt Sie zu preisgünstigen Übernachtungen und günstigem Frühstück ein.

Entspannen Sie sich in ruhiger Lage, unweit der City von Hamburg. Das Haus befindet sich in einer netten, ruhigen Seitenstraße und ist dennoch sehr citynah und verkehrsgünstig gelegen. Sie werden sich in unserer Pension wohlfühlen und die Übernachtung genießen.

Entdecken Sie von hier aus die schönsten Seiten von Hamburg.

In der Pension Sonntag bieten wir allen Gästen einen kostenlosen WLAN-Zugang ins Internet.

Ihren Zugangscode erhalten Sie bei der Anreise an der Rezeption. Kaffee und Tee sind ebenfalls kostenlos.

Haben Sie vor, länger in Hamburg zu bleiben? Dann werfen sie doch einen Blick auf unsere möblierten Wohnungen.

Kontakt: Pension Sonntag: Neubertstraße 24a, 22087 Hamburg

info@pensionsonntag.de   www.pensionsonntag.de

☎040-46006834

www.schreibfertig.com

Impressum

Kleine*f*eine Schreibschule für Jung & Alt

© Dr. Erna R. Fanger • Hartmut Fanger M.A.
Neubertstr. 21 • 22087 Hamburg • ☎: 040-25329288
E-Mail: info@schreibfertig.com • www.schreibfertig.com
Logo: Ariane Camus

Zeitfracht Medien GmbH
Ferdinand-Jühlke-Straße 7
99095 Erfurt, Deutschland
produktsicherheit@kolibri360.de